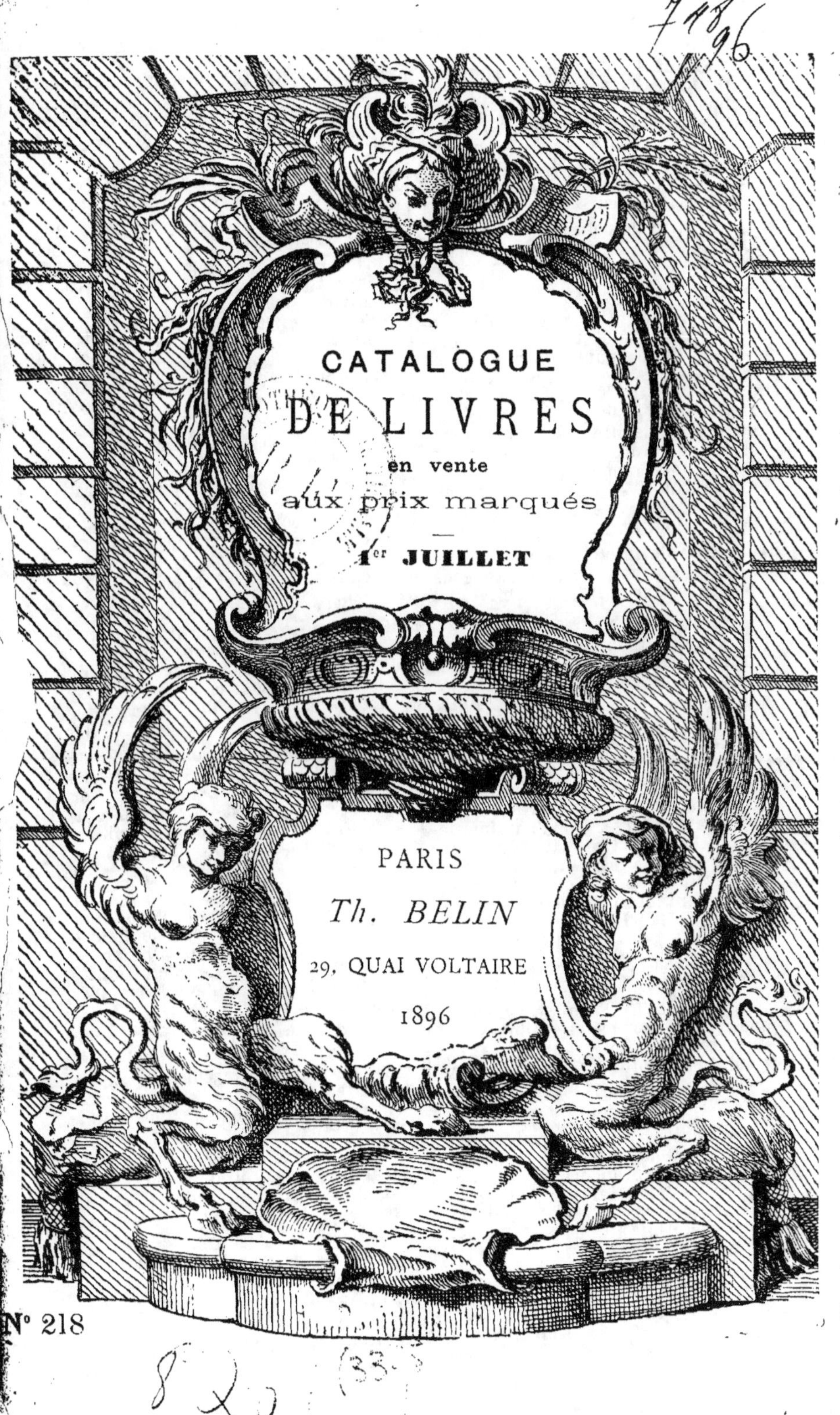

CATALOGUE
DE LIVRES
en vente
aux prix marqués
1er JUILLET
PARIS
Th. BELIN
29, QUAI VOLTAIRE
1896

Nº 218

**2173. About** (Ed.). Le nez d'un notaire. Eaux-fortes de Géry Bichard. Paris, Calmann Lévy, 1886, pet. in-8 demi-rel. mar. lavall. avec coins, n. rog. couv.      180 fr.

Un des 225 exemplaires tirés sur papier vélin du Marais avec les figures en trois états dont l'eau-forte pure.

**2174. Album** de statistique graphique, (Juillet 1881). Paris, imp. nationale, in-4, cart. n. rog.      4 fr.

21 planches.

**2175. Alcoran** (L') des Cordeliers, tant en latin qu'en françois, nouvelle édition (publiée par P. Marchand), ornée de figures dessinées par B. Picard. Amsterdam, 1734, 2 vol. — Légende dorée, ou Sommaire de l'histoire des Frères mendiants de l'ordre de Saint-Dominique et de Saint-François, par N. Vignier. Amsterdam, 1734. Ensemble, 3 vol. in-12, fig., mar. rouge, dos orné, fil. tr. dor. (Rel. anc.).      130 fr.

**2176. Alsaciens** et **Lorrains** (Aux). L'Offrande par la Société des gens de lettres. Paris, 1873, in-8 br.   2 fr.

2 eaux-fortes.

**2177. Arrêts** de la Cour de Parlement contre Cartouche et ses complices. Paris, 1722, in-4 demi-percaline.      10 fr.

Ouvrage curieux contenant 15 pièces originales.

**2178. Amadis de Gaule.** Les douze premiers livres mis en françois par le seigneur des Essars. Nicolas de Herberay. A Anvers, de l'imprimerie de Ch. Plantin, 1561, 12 parties en 4 vol. pet. in-4 fig. sur bois, mar. rouge fil doublés de mar. bleu, larges dent. dorure à petits fers, dos ornés, tr. dor. (Chambolle - Duru).      600 fr.

Bel exemplaire bien conservé dans une reliure qui a coûté plus de 1000 fr.

**2179 Ambert** (J.) Esquisses historiques psychologiques et critiques de l'armée française. Saumur, 1837, 2 vol. in-8 demi-rel. chag.   8 fr.

Nombreuses planches lithographiées par Aubry et Karle Lœillot.

**2180. Amoris** divini emblemata studio et ære Othonis Væni concinnata. Antuerpiæ. Ex Officina Plantiniana Balthasaris Moreti, 1660 : pet. in-4, fig. s. cuivre, mar. La Vall., coins et dos ornés, dent. int., tr. dor. (Trautz-Bauzonnet).      70 fr.

Soixante emblèmes très finement gravés sur cuivre.

**2181. Amour** (L') précepteur ou le triomphe de l'infortune. Amsterd., 1764, in-12, mar. r. jans., à nerfs, mors en mar., dent. int., tr. dor.      8 fr.

**2182. Amours de Mirtil** (Les). Constantinople, 1761, in-12 veau.   6 fr.

Titre frontispice et 6 jolies figures de Gravelot.

**2183. Anacréon.** Sapho, Bion et Moschus, traduction nouvelle en prose, suivie de la veilée des Fêtes de Vénus, et d'un choix de pièces de differents auteurs par M. M*** C*** (Montonnet de Clairfond). A Paphos, chez Bastien, 1780, in-8 veau écaille fil. tr. dor.      30 fr.

1 frontispice de Eisen, 12 vignettes et 13 culs-de-lampe de Eisen, gravés par Massard.

**2184. Analectabiblion,** ou Extraits critiques de divers livres rares, oubliés ou peu connus, tirés du cabinet du marquis D. R*** (du Roure). Paris, Techener, 1836-1837, 2 vol. in-8, demi-rel. v. fauve, tr. éb.   25 fr.

Rare.

**2185. Analye chronologique** de l'histoire universelle, depuis le commencement du monde, jusqu'à l'empire de Charlemagne inclusivement. Paris, 1756, in-4 veau fauve, ant.      8 fr.

**2186. Anquetil.** Histoire de France depuis les temps les plus reculés jusqu'à la mort de Louis XVI. Nouvelle édition revue et continuée jusqu'en 1830. Paris, 1845, 4 vol. gr. in-8 demi-chag. viol. figures et portraits.      8 fr.

Quelques piqûres.

**2187. Anthologie** des poètes bretons du XVIIe siècle par Stephane Halcan, le Cte de Saint-Jean, Olivier de Gourcuff, et René Kerviler. Nantes, Société des bibliophiles bretons, 1884, in-4 br. n. c.      9 fr.

Exemplaire sur papier vergé. Portrait de René le Pays et fac-simile de lettres.

**2188. Antigone,** tragédie de Sapho, trad. en français par Bayer. Paris, 1842, in 8 demi-maroq. rouge, tête dor. n. rogné.      3 fr.

**2189. Après-Soupers** (Les) par l'auteur de Trois dizaines de Contes Gaulois. Paris, Rouveyre. 1883, in-12 br. papier teinté, couv. illustrée. Au lieu de 20 fr.      7 fr.

Frontispice gravé à l'eau-forte. Illustrations de Hanriot.

**2190. Arabia,** sen Arabum vicina:

**Achat de Bibliothèques**

rumpz gentium orientalium legés ritus sacri et profani mores instituta et historia. Amstelodami J. Janssonium, 1633, pet. in-12 veau fil., tr. dor. 5 fr.

Titre-frontispice. Exemplaire aux armes de Léon de Beaumont évêque de Saintes.

2191. **Arriani** de ascensu Alexandri (graece), cura Vic. Trincauelli, et cum praefatione Io.-Bapt. Egnatii. Venetiis in aedibus Bartholomaei Zanetti Casterzagensis, aere uero et diligentia Ioannis Francisci Trincaueli. Anno a partu uirginis MDXXXV (1535), mêse Septêbri, in-8, mar. rouge, fil., tr. dor. (Bozérian jeune). 40 fr.

Première et rare édition. Bel exemplaire provenant de la bibliothèque Coulon.

2192. **Ariosto** (Lodovico). Orlando furioso, et cinque canti d'un nuovo libro del medesimo novamente aggiunti. et ricorretti. In Vinegia, appresso Giolito de Ferrari, 1560, in-8, fig. sur bois, bas. 10 fr.

Petites piqûres de vers et raccommodage au dernier feuillet.

2193. **Art** (L'). Revue bi-mensuelle in-fol. année 1885 en livraisons. 25 fr.

Plus le mois de Janvier 1886.

2194. **Asselin** (L'Abbé). La Religion, poème. Paris, J. B. Coignard, 1742, pet. in-4 veau. 3 fr.

Fleuron sur le titre de Cochin.

2195. **Asseline**). Le cœur et l'estomac. Paris, M. Lévy, 1853, in-16 br. couv. 3 fr.

Edition originale.

2196. **Atlas** du Dictionnaire technologique, ou nouveau dictionnaire universel des arts et métiers et de l'économie industrielle et commerciale, par une société de savants et d'artistes. A Paris, chez Chomine, 1835, 2 vol. in-4, demi-rel. veau bleu. 12 fr.

Contenant environ 149 grandes planches.

2197. **Aube** (M. d'). Essai sur les Principes du droit et de la morale. Paris, B. Brunet, 1743. In-4, mar. rouge, fil., dos orné, tr. dor. 50 fr.

Aux armes de Louis, duc d'Orléans.

2198. **Bailly**. Mémoires, avec une notice sur sa vie par MM. Berville et Barrière. Paris, Baudouin, 1821, 3 vol. in-8 cart. 10 fr.

2199. **Bailly**. Notices historiques sur les bibliothèques anciennes et mo-

dernes avec un tableau comparatif des produits de la presse de 1812 à 1825. Paris, 1825, in-8 demi-veau. 3 fr.

2200. **Balbi** (Adrien). Abrégé de géographie, ouvrage adopté par l'université. 5e édition revue et considérablement augmentée d'après les derniers traités et les découvertes les plus récentes. Paris, Renouard, 1869-1873, 2 vol. gr. in-8 demi-mar. rouge, tête dor. n. rog. 10 fr.

Bel exemplaire auquel manquent les 12 cartes.

2201. **Balzac** (H. de). Le colonel Chabert. Illustrations de C. Delort. Paris, Calmann Lévy, 1886, pet. in-8, demi-rel. mar. rouge avec coins, n. rog. couv. 250 fr.

Un des 225 exemplaires tirés sur papier vélin du Marais avec les figures en trois états dont l'eau-forte pure n° 9.

2202. **Banville** (Théodore de). Trente-six ballades joyeuses précédées d'une histoi e de la ballade par Ch. Asselineau. Paris, Lemerre, 1873, in-12, cart. toile. 3 fr.

2203. **Barbaroux** (Ch.) Mémoires inédits, avec une notice sur sa vie par Ogé Barbaroux, son fils. Paris, Baudouin, 1822, in-8 cart. 3 fr.

2204. **Barbier**. Nouvelle bibliothèque d'un homme de goût. Paris. 1808, 5 vol. in-8 demi-cuir de Russie. 12 fr.

2205. **Barclay** (Jean). La Satyre d'Euphormion, mise nouvellement en françois. Avec les observations qui expliquent toutes les difficultez contenues en la première et seconde partie. Paris, J. Guignard, 1640, in-8 veau marb. fil. tr. dor. 30 fr.

Aux armes du comte d'Hoym. Cet ouvrage a été traduit de l'anglais par P. Josias Bérault, avocat au Parlement de Rouen.

2206. **Baret**. Histoire de la littérature espagnole, depuis ses origines les plus reculées jusqu'à nos jours. Paris, 1863, in-8 broché. 3 fr.

2207. **Barruel** (L'Abbé). Mémoires pour servir à l'histoire du Jacobinéisme. Hambourg, P. Fauche, 1803, 5 vol. in-8 demi-veau fauve, tr. jasp. 15 fr.

2208. **Barthélemy**. Voyage du jeune Anacharsis en Grèce, dans le milieu du 4e siècle avant l'ère vulgaire. Paris, Debure, 1790, 7 vol. in-8 veau fauve anc. fil et atlas in-4 demi-veau fauve. 15 fr.

L'atlas contient 27 planches.

**Et de Livres anciens et modernes**

**2209. Barthelemy**. Ma justification. Paris, Perrotin, 1832, in-8 br. couv, vig. sur le titre. **3 fr.**

Edition originale.

**2210. Bartlet** (J.). The gentleman's farriery or à practical healise on the diseases of horses : London, 1777, in-8 bas. **8 fr.**

5 figures.

**2211. Basnage**. Le Grand Tableau de l'univers, dans lequel sont peints les évènements depuis la création jusqu'à la fin de l'apocalypse. représentés en figures par Rom. de Hooje, accompagnés de discours. Amsterdam, 1714, in fol., veau ancien, orn. sur les plats. **30 fr.**

Portrait, frontispice colorié, cartes et planches. Reliure un peu fatiguée.

**2212. Bastide**. Le tombeau philosophique ou histoire du marquis de *** à Madame de ***. Amsterdam, 1751, 2 part, en 1 vol. petit in-8 demi-mar. lavall. avec coins, tr. dor. (Petit Simier). **6 fr.**

Titres gravés.

**2213. Baudrillart**. Recueil chronologique des règlements sur les forêts, la chasse et la pêche, contenant les bois, ordonnances royales, arrêts de la cour de Cassation, etc. Ouvrage continué par Herbin de Halle et Chevalier. Paris, 1815 43, 7 vol. in 4 br. **30 fr.**

**2214. Baxter** et l'Angleterre religieuse de son temps. Paris, Delay, 1840, in-8 demi-rel. veau. **4 fr.**

**2215. Bayonensi** (Nic.). Tractatus de contractibus tam in genere quam in specie. Parisiis, Collet, 1633, in-12 veau, fleuron sur les plats, tr. dor. **4 fr.**

**2216. Beauchamps** (De). Les amours d'Ismène et d'Isménias. A la Haye, 1743, in-12 veau marb. tr. dor. **5 fr.**

Front. et 3 fig. non signées.

**2217. Beaumarchais**. La folle journée ou le mariage de Figaro, comédie en cinq actes, en prose. Paris, Ruault, 1785, in-8 veau, dos orné. **85 fr.**

5 figures par St-Quentin gravées par C.-N. Malapeau, la 5e par Roi.

**2218. Beaumont** (Gustave de). Marie ou l'Esclavage aux Etats-Unis, tableau de mœurs Americaines. Paris, Ch. Gosselin, 1836, 2 vol. in-8 demi-veau fauve. **4 fr.**

**2219. Bellori** (Jo-Petro). Admiranda romanarum antiquitatum, ac veteris sculpturæ vestigia, a P. Sante Bartolo del. et incisa notis Jo.-P. Bellori illustrata. Romæ, de Rubeis, s. d. (1730), in-fol. oblong, vélin. **35 fr.**

81 planches.

**2220. Berbiguier** (Ch). Les Farfadets, ou tous les démons ne sont pas de l'autre monde. Paris, 1821, 3 vol. in-8 demi-rel. **12 fr.**

Figures.

**2221. Berchoux** (J.). La Danse ou les Dieux de l'Opéra, poème. Paris, Giguet et Michaud, 1806, in-12 cart. front. **4 fr.**

**2222. Bérenger**. Porte-feuille d'un troubadour ou essais poétiques, suivis d'une lettre à M. Grosley. Marseille et Paris, 1782, in-8 br. n. rog. **3 fr.**

**2223. Bergier** (Nicolas). Les Desseins de l'histoire de Reims, avec diverses curieuses remarques, touchant l'establissement des peuples, et la fondation des villes de France. Reims, Fr. Bernard, 1635, in-4 vélin blanc. **10 fr.**

1 portrait, 5 planches et un plan de Reims, gravés.

**2224. Bernard** (H.). Traité de tactique, tactique expérimentale. Tarbes, 1878, 4 vol. in-8 br. **16 fr.**

**2225. Bernard**. Œuvres complètes. Paris, (Cazin), s. d. in-18 veau écaille, fil. tr. dor. **3 fr.**

Titre frontispice.

**2226. Bernard**. Œuvres, ornées de gravures d'après les dessins de Prud'hon. A Paris, de l'imprimerie de P. Didot, l'ainé 1797, in-4 fig. cart. n. rog. **35 fr.**

**2227. Bernardin de Saint-Pierre**. Paul et Virginie, suivi de la Chaumière indienne. Paris, Janet, s. d., pet. in-12 veau gauffré, tr. dor. 3 fr.

Figures de Desenne, piqûres.

**2228. Béroalde de Verville**. Le Moyen de parvenir, œuvre contenant la raison de ce qui a esté, est et sera avec démonstrations certaines, selon la rencontre des effects de vertu, par Béroalde de Verville. Nouvelle édition collationnée sur les textes anciens. Paris, Willem, 1870-72 ; 2 vol. — Contes en vers imités du moyen de parvenir, par Autreau, Dorat, Grécourt, etc Paris, Willem, 1874 ; 1 vol. Ens. 3 vol. pet. in-8 demi-rel. et coins mar. r. fil. tête dor. non rog. **75 fr.**

Les trois volumes sont imprimés sur

papier de Chine, Edition rare qui n'a pas été mise dans le commerce.

2229. **Bertrand** (E.). Recueil de divers traités sur l'histoire naturelle de la terre et des fossiles par E. Bertrand, pasteur de Berne. Avignon, 1766, 1 vol. in-4 cart. n. rog.   7 fr.

2230. **Bescherelle**. Grammaire nationale, 15e édition. Paris, Garnier, 1877, gr. in-8 demi-chag. gren. plats toile.   5 fr.

2231. **Besenval** (Bon). Mémoires, avec une notice sur sa vie, par MM. Berville et Barrière. Paris, Baudouin, 1821, 2 vol. in-8, cart.   6 fr.

2232. **Bibliothèque Nationale**. Observations du conservatoire au ministre de l'Instruction publique, avec une réponse de M. Paulin-Paris. Paris, Panckouke, 1850, in-8 demi-rel. chag. vert, (8 pp.), (Trautz-Bauzonnet).   2 fr. 50

2233. **Bimbenet** (Eug.). Fuite de Louis XVI à Varennes, d'après les documents judiciaires et administratifs déposés au greffe de la haute cour nationale établie à Orléans. Paris, Didier, 1868, in-8 demi-chag. vert, tête dor. n. rog.   6 fr.

2234. **Bion** (Le sieur N.). Traité de la construction et des principaux usages des instrumens de mathématique avec les figures nécessaires pour l'intelligence de ce traité. Paris, 1725, in-4 veau.   10 fr.

Nombreuses planches.

2235. **Biot**. Tables barométriques portatives, donnant les différences de niveau par une simple soustraction. Paris, 1811 in-8 br.   2 fr.

2236. **Blaize** (Jean). Amour de Miss. Paris, Dentu, 1893, in-12 broché.   7 fr.

Exemplaire sur papier de Hollande.

2237. **Blaze** (E.). La vie militaire sous l'empire ou mœurs de la garnison, du bivouac et de la caserne. Paris, 1837. 2 vol. in-8 demi-rel. veau vert.   10 fr.

Tâches de rousseur.

2238. **Blaze** (E.). Le Chasseur au chien d'arrêt, contenant les habitudes, les ruses du gibier, l'art de le chercher et de le tuer, le choix des armes, l'éducation des chiens, leurs maladies, etc., 4e édition, corrigée, avec une vignette d'après Debucourt. Paris, chez Tresse, 1846, 1 vol. in-8 demi mar. vert avec coins, tête dor. n. rog. dos orné.   10 fr.

2239. **Blanc** (Ch.). L'œuvre de Rembrandt, catalogue raisonné de toutes les estampes du maître et de ses peintures. Paris, Lévy, 1873, 2 vol. in-4 demi-mar. lavall. avec coins tête dor. n. rog.   90 fr.

Orné de 40 eaux-fortes de Flameng et de 35 héliogravures d'Amand Durand.

2240. **Blémont** (Emile). Wattignies, 15 et 26 octobre 1793. Paris, librairie illustrée 1889, gr. in-8 br.   4 fr.

Illustrations hors texte et dans le texte.

2241. **Blois** et ses environs, 3e édition du guide historique dans le Blésois. Blois et Paris, Aubry, 1862, in-8 mar. grenat fleuron sur les plats dent. intér. tr. dor. fig. (Capé).   25 fr.

2242. **Blondeau** (Nicolas) et **François Noël**. Glossarium croticum latinum et Gallicum, un vol. in-8, br., papier de Hollande.   25 fr.

Ce curieux livre tiré d'un manuscrit inédit, composé par Nicolas Blondeau Blondeau au xviie siècle est tombé entre les mains de François Noël qui l'a complété et augmenté de notes curieuses, une étude de près de 60 pages sur la langue érotique par le traducteur de Forberg, donne un nouvel attrait à cet ouvrage.

2243. **Blosseville**. Dictionnaire topographique du département de l'Eure, comprenant les noms de lieu anciens et modernes. Paris, imp. nationale, 1878, in-4, br.   4 fr.

2244. **Blumhardt**. Histoire générale de l'établissement ou Christianisme dans toutes les contrées où il a pénétré depuis le temps de Jésus-Christ, d'après l'Allemand, par A Bost. Valence et Genève, 1838, 4 vol. in-8 br.   5 fr.

2245. **Boccaccio** (Giovanni). L'amorosa fiammetta di nuovo ristampata, et con somma diligenza ricorretta. In Venetia, 1616, in-18 vél. blanc.   3 fr.

2246. **Bochio** (Joanne). Historica narratio profectionis et inaugurationis serenissimorum belgii principum Alberti et Isabellae austriae archiducum. Antverpiae ex officina apud Joannem Moretum, 1602, in-fol. veau marbr., dos orné.   120 fr.

Titre-frontispice et nombreuses planches gravées.

2247. **Boettiger**. Les furies, d'après les poètes et les artistes anciens. Paris, Delalain. 1802, in-8 br.   6 fr.

4 planches dont 2 en couleurs.

**Et de Livres anciens et modernes**

**2248. Boileau-Despréaux.** Œuvres diverses, avec le Traité du sublime ou du merveilleux dans le discours, traduit du grec de Longin. Paris, Cl. Barbin, 1694, 2 vol. in-12 veau, figures.      8 fr.

**2249. Boileau-Despréaux.** Œuvres diverses. Avec le traité du sublime, ou du merveilleux dans le discours, traduit du grec de Longin. Paris, Cl. Barbin, 1701, 2 vol. in-12 veau.      6 fr.

2 frontispices gravés et figures en taille-douce pour le Lutrin : dernière édition publiée du vivant de Boileau,

**2250. Boileau-Despréaux.** Œuvres, nouvelle édition rare et augmentée. Paris, chez Esprit Billiot, 1713, 2 parties en 1 vol. in-4 veau brun.    10 fr.

Très beau portrait gravé par Drevet, figures de Gillot.

**2251. Boileau-Despréaux.** Œuvres, avec des éclaircissements historiques. Paris, Vve Alix, 1740, 2 vol. in-4 veau marb.      12 fr.

Très beau portrait gravé par Rigaud.

**2252. Boileau.** Œuvres complètes, précédés d'une notice sur sa vie par M. Daunou. Paris, Pourrat, 1839, 3 vol. in-8, brochés.      5 fr.

Portrait.

**2253. Boileau-Despréaux.** Œuvres. Texte de 1701 avec notice, notes et variantes par Alph. Pauly. Paris, Lemerre, 1875, 2 vol. in-18, demi-mar. viol. avec coins, tête dor. n. rog. papier vergé, port.      8 fr.

**2254. Bolsec** (Hiérosme). Histoire de la vie, mœurs, actes, doctrine, constance et mort de Jean Calvin, jadis ministre de Genève, publiée à Lyon en 1577. Lyon, Scheuring, 1875, in-8 cart. n, rog.      8 fr.

Papier teinté, portrait sur Chine.

**2255. Bonaventure Des Periers.** Cymbalum mundi, ou dialogues satyriques sur différents sujets. Avec une lettre critique dans laquelle on fait l'histoire, l'analyse et l'apologie de cet ouvrage, par Fr. Marchand. Amsterdam, 1753, in-12 veau.      6 fr.

Front. allégorique de B. Picart.

**2256. Bonjean.** Du pouvoir temporel de la papauté. Paris, 1862, gr. in-8 br. pap. fort.      4 fr.

**2257 Bonneserre de St-Denis.** Revue Nobiliaire, héraldique et biographique. Paris, Dumoulin, 1862, 5 vol. gr. in-8 demi-chag. vert avec coins.      25 fr.

**2258. Borromée.** Régénération de la peinture à Fresque par des procédés équivalents à ceux des anciens, système complété par des recherches sur les principales causes d'avaries de la peinture murale et de la peinture sur toile et sur panneau. Paris, F. Didot, 1861, in-fol. percal. tr. dor.      8 fr.

4 planches.

**2259. Bosc** (Ernest) et **Bonnemère.** Histoire nationale des Gaulois sous Vercingétorix. Paris, Didot, 1882, in-8 br.      3 fr.

160 gravures intercalées dans le texte.

**2260. Bossuet.** Traitez du libre-arbitre et de la concupiscence. Paris, B. Alix, 1731, 1re édition. Traité de la concupiscence. Ou exposition de ces paroles de Saint-Jean : N'aimez pas le monde, ni ce qui est dans le monde, etc. Ensemble 1 vol. in-12 veau.      8 fr.

**2261. Bossuet.** Discours sur l'histoire universelle à Mgr le Dauphin, pour expliquer la suite de la religion et les changemens des empires. Versailles, Lebel, 1819, in-8 veau gaufré, tr. dor.      3 fr.

**2262. Boucher.** Histoire dramatique et pittoresque des Jésuites depuis la fondation de l'ordre, jusqu'à nos jours. Paris, 1845-1846, 2 vol. gr. in-8 cart. avec couverture imprimée.      14 fr.

Edition illustrée de 30 figures color., par Th. Fragonard.

**2263. Boucher** (Jean). Sermons de la simulée conversion et nullités de la prétendue absolution de Henri de Bourbon, prince de Béarn à St-Denis en France le 25 juillet 1593. Jouxte la copie imprimée à Paris, chez Chaudière, 1594, petit in-8 vélin à recouv.      35 fr.

Sermons séditieux très curieux, notre exemplaire est dans sa reliure originale.

**2264. Bougeault** (Alfred). Histoire des littératures étrangères. Paris, Plon, 1876, 3 vol. in-8 br.      9 fr.

**2265. Bouillé** (Mis de). Mémoires, avec une notice sur sa vie par MM. Berville et Barriere. Paris, Baudouin, 1821, in-8 cart.      4 fr.

**2266. Boulanger.** Recherches sur l'origine du despotisme oriental et des superstitions, 1762. — L'ami de l'état. Trévoux, 1761. — L'anti-financier, 1763. — Système d'imposition et de liquidation de dettes d'Etat,

Achat de Bibliothèques

établi par la raison, 1763. — Ensemble 1 vol. in-12 veau. 3 fr.

2267. **Bousquet** (Casimir). Monographies marseillaises. La Major cathédrale de Marseille. Paris, 1857, in-8 perc. non rog. 3 fr. 50

2268. **Boutell** (Ch.). Arms and Armour in antiquity and the middle ages : abso a descriptive notice of modern weapons. London, 1872, in-8 percal. tête dor. n. rog. 8 fr.

Figures dans le texte et hors texte.

2269. **Bouvenne** (Aglacus). Notes et Souvenirs sur Ch. Meryon, son tombeau au cimetière de Charenton, Saint-Maurice. Paris, Charavay, 1883, in-4 demi-percal. avec coins, n. rog., cart. bradel. couv. 7 fr.

Portraits et dessins inédits.

2270. **Bouvier** (J. B.). Dissertation in sextum decalogi prœceptum et supplementum ad tractatum de Matrimonio. Cenomani, Monnoyer, 1836, in-12 vélin blanc, n. rog. 12 fr.

2271. **Bramine inspiré** (Le). traduit de l'Anglais par Monsieur l'Escalier. Berlin, chez Estienne de Bourdeaux, 1751, in-12 veau fil, dos orné. 3 fr.

Frontispice gravé.

2272. **Bret**. Mémoires sur la vie de Mademoiselle de Lenclos. Nouvelle édition corrigée. Amsterdam, chez Fr. Joly, 1779, 3 port. en 1 vol. in-12 demi veau fauve, tête dor. n. rog. 5 fr.

2273. **Broglie** (le duc de). Ecrits et discours. Paris. Didier, 1863, 3 vol. in-8., demi-mar., rouge, tr. peig. 12 fr.

2274. **Broglie** (le Duc de). Souvenirs (1785-1870). Paris. C. Lévy, 1886, 4 vol. in-8. percal, tête jasp. n. rog. couv. 20 fr.

2275. **Brunfaut** (Jules). De l'exploitation des Soufres. Paris. Lefèvre, 1874, gr. in-8. br. 4 fr.

2276. **Byron** (Lord). The complete works reprinted fronthe last london édition, etc., Paris, Galignani, 1837, gr. in-8. demi-maroq. 4 fr.

Joli portrait gravé sur acier.

2277. **Cahiers** d'enseignement uniformes de l'armée française. Paris. Baschet, 3 vol. gr. in-8. figures color. demi-rel. mar. lavall. n. rog. 15 fr.

60 cahiers, nombreuses figures coloriées.

2278. **Calmet** (Dom). Dissertations qui peuvent servir de prolégomènes de l'Ecriture sainte. Revūes corrigées. considérablement augmentées, et mises dans un ordre méthodique. Par le R. P. Dom Augustin Calmet. A Paris, Chez Emery père, 1720. 3 vol. in-4. mar. rouge, fil. tr. dr. 500 fr.

Bel exemplaire aux armes du comte d'Hoym. — Sur le dos, l'aigle couronnée de Pologne.

2279. **Campam** (Mme). Mémoires sur la vie privée de Marie-Antoinette, reine de France et de Navarre. Paris, Baudouin, 1822, 3 vol. in-8. cart. 15 fr.

2280. **Camper** (Pierre). Discours prononcés à l'académie de dessein d'Amsterdam sur le moyen de représenter d'une manière sûre les diverses passions qui se manifestent sur le visage. Utrecht, 1792, 2 part. en 1 vol. in 4. demi-veau fauve. 5 fr.

Portraits et planches.

2281. **Caramuel** Lobkovvitz. Philippus prudens Caroli V imp. filius lusitaniae algarbiae, indiae, brasiliae legitimus rex demonstratus Antverpiae ex officina. Plantiniana, 1639, in-fol. veau fauve fil. et orn. sur les plats, tr. dor. 100 fr.

Titre-frontispice et 25 portraits gravés.

2282. **Carnot**. Mémoire adressé au Roi en Juillet, 1814. Seule édition complète et correcte. contenant toutes les notes de l'auteur : celles du Lynx : les commentaires qui ont circulé secrètement avec le manuscrit, et les pièces justificatives ; suivi du discours qu'il a prononcé au tribunat le 11 floréal, an 12. Paris. Arnaud, 1815, in-8. br. 3 fr.

2283. **Cassini**. Carte des environs de Paris. Beauvais, Compiègne, Chartres, Fontainebleau. Ens. 4 feuilles en couleurs collées sur toile dans un étui. 12 fr.

2284. **Castil-Blaze**. Molière musicien, notes sur les œuvres de cet illustre maître et sur les drames de Corneille, Racine, Regnard, Montluc, Lesage, Rousseau, Beaumarchais, etc., où se mêlent des considérations sur l'harmonie de la langue française. Paris. 1852, 2 vol. in-8. br. 4 fr.

2285. **Castil-Blaze**, L'Art des vers lyriques. Paris. Delahaye, 1858, in-8, demi-veau. fauve. tr. jasp. 3 fr.

2286. **Castille** (de, abbé de Saint-Benigne). Les Négociations de Monsieur le président Jeannin. Paris. Le Petit, 1656, in-fol. veau port.    8 fr.

**2287. Catalogue** de la précieuse collection d'autographes composant le cabinet de M A. Bovet, séries V et VI. Paris. Charavay, 1884. in-4. br.    5 fr.

Nombreux fac-simile d'autographes.

**2288. Catalogue** raisonné d'une collection de livres pièces et documents manuscrits et autographes relatifs aux arts de peinture, sculpture, gravure et architecture. Réunie par M. J. Goddé. Paris, Potier, 1850, in-8, demi-mar. gren. n. rog.    3 fr.

**2289. Catalogue** des antiquités et objets d'art composant le cabinet de feu M. le Che. E. Durand, Paris, 1836, in-8. br.    3 fr.

**2290. Catalogue** des livres rares de M. Ach. Genty, 1re partie, manuscrits incunables, gothiques, aldes, elzeviers etc. etc, dont la vente a eu lieu le 6 Janvier, 1862. Paris, Techener, in-12, carré br.    4 fr.

Exemplaire sur papier de Chine.

**2291. Catulle** Mendès. Le Crime du vieux Blas. Bruxelles, 1882, pet. in-12 br. port.    3 fr.

**2292. Caumont** (de). Bulletin monumental, ou collection de mémoires et de renseignements pour servir à la confection d'une statistique des monuments de la France, classés chronologiquement. Caen, 1840, in-8. br. figures.    3 fr.

Le tome 6 seulement.

**2293. Cauna** (Bᵒⁿ de). Congrès scientifique de Rodez. Bordeaux, 1875, in-8. de 65 ff. demi-rel. chag. rouge.    2 fr.

**2294. Cauvain** (H.) Le grand vaincu dernière campagne du Marquis de Montcalm au Canada. Paris. Hetzel, s. d. gr. in-8, fig. demi-rel. mar. lavall, tête dor. n. rog.    7 fr.

Nombreuses figures.

**2295. Caylus.** Recueil d'Antiquités égyptiennes étrusques, grecques et romaines. Paris. Desaint et Saillant 1752, in-4, veau.    10 fr.

Frontispice et 107 planches.

**2296. Cazotte.** Ollivier, poême. Paris. Didot, 1780, 2 tomes en 1 vol. pet. in-12, mar. vert tr. dor. (rel. anc.)    6 fr.

**2297. Cazotte.** Contes. Avec une notice bio-bibliographique, par Oct.

Uzanne. Paris. Quantin, 1880, in-8. br.    5 fr.

Portrait à l'eau-forte par Lalauze.

**2298. Cervantes.** Novelas exemplares. Nueva edicion. Paris. Baudry, 1838, in 8, demi-veau gris, dos orné.    2 fr.

**2299. Chabert.** Voyage fait par ordre du Roi en 1750 et 1751 dans l'Amérique septentrionale, Paris, Impr. Royale, 1853, in-4, 9 cartes et planches, mar. rouge, fil., tr. dor. (Rel. anc.)    150 fr.

Exemplaire aux armes du Duc de Choiseul.

**2300. Chamisso** (Adelbert). Histoire merveilleuse de P. Schlemihl ou l'homme qui a vendu son ombre. Paris. Westhausser, 1888, gr. in-8. demi-percal. tête peig. n. rog. couv.    5 fr.

106 dessins de H. Pille et 2 portraits.

**2301. Champsaur** (Félicien). Lulu pantomine en 1 acte préface par A. Houssaye. Paris. Dentu, 1888, in-8. demi-mar. bleu avec coins, tête dor. n. rog. couverture illustrée.    6 fr.

**2302. Chapus** (E.) Le Turf ou les courses de chevaux en France et en Angleterre. Paris. Hachette, 1853, in-12, demi-veau vert.    2 fr.

**2303. Charpignon.** Etudes sur la médécine avimique et vitaliste. Paris 1864, brochure gr. in-8. (187 pages).    1 fr.

**2304. Charron** (Pierre). De la Sagesse, trois livres. Suivant la vraye copie de Bordeaux. A. Leyde, chez Jean Elzevier. 1656, pet. in-12, mar. vert fil. dent. tr. dor. dos orné (rel. anc.)    20 fr.

Titre frontispice grave. Haut. 133 mill. 5.

**2305. Charron.** De la Sagesse. Trois livres, suivant la vraye copie de Bordeaux. A Amsterdam, chez Louys et Daniel Elzevier, 1662, pet. in-12, front. gravé, mar. rouge, fil., tr. dor. (Rel. anc.)    100 fr.

Très jolie édition rare et recherchée. Haut. 128 mill.

**2306. Chateaubriand.** Œuvres complètes. Paris. Ladvocat, 1828, in-8. demi-rel. chag.    2 fr. 50

Tome 22. Mélanges et poésies.

**2307. Chateaubriand.** Les Natchez. Paris, 1827. 2 vol. in-8. demi-veau avec coins pap. vélin, n. rog.    4 fr.

**2308. Chaulieu.** Œuvres, d'après les manuscrits de l'auteur. La Haye, Gosse, 1777, 2 vol. in-16 mar. rouge

fil. tr. dor, dos orné port. (rel. anc.)
15 fr.

**2309. Chaumeton et Poiret.** La Flore médicale. Paris. Imp. de Panckouke, 1828, 6 vol. gr. in-8, demi-veau, n. rog. 75 fr.

Planches coloriées par Turpin,

**2310. Chazot.** Les empereurs romains, dissertation historique, critique et littéraire. Paris, 1807, in-8., veau fauve, fil. tête dor. n. rogné. 4 fr.

Bel exemplaire.

**2311. Chemin** (Le) de Rome s'il vous plaît, Lyon. L. Perrin, 1860, in-8. br. papier teinté. 3 fr.

Portrait en photographie.

**2312. Chénier** (André). Poésies posthumes et inédites, nouvelle et seule édition complète. Paris, Renduel, 1833, 2 vol. in-8. demi-chag. 4 fr.

**2313. Chennevières Pointel.** Recherches sur la vie et les ouvrages de quelques peintres provinciaux de l'ancienne France. Paris. Dumoulin, 1854, in-8. demi-mar. lavall. avec coins, éb. 4 fr.

Frontispice gravé à l'eau-forte. Tome 3 seulement.

**2314. Chenu.** Encyclopédie d'histoire naturelle ou traité complet de cette science. Paris, Marescq gr. in-8. br.

Quadrumanes, 1 vol. 4 fr.
Coléoptères, 1 vol, 4 fr.

**2315. Chenu** (le Dr). Encyclopédie d'histoire naturelle ou traité complet de cette science. (Botanique.) Paris. Marescq s. d. 2 vol. gr. in-8, demi-veau fauve tr. jasp. 10 fr.

Planches hors texte et dans le texte.

**2316. Chesneau** (Ernest). Notice sur G. Régamey. Paris. Librairie de l'Art. 1879, broch. gr. in-8. 3 fr.

Planches hors texte.

**2317. Choiseul** (Duc de). Relation du départ de Louis XVI le 20 Juin 1791. Paris. Baudoin, 1822 in-8. cart. 4 fr.

**2318. Choisy** (l'abbé de). Histoires de Philippe de Valois et du roi Jean. Paris. Claude Barbin, 1688 in-4. veau. 15 fr.

Vignettes à mi-page.

**2319. Choix** d'ouvrages mystiques traduits du latin en français. Paris. Desrez. 1835, gr. in-8. demi-chag. rouge, avec coins tête dor. n. rog. 10 fr.

**2320. Cholières.** OEuvres. Avec no-

tes, index et glossaire. Paris. Jouaust 1879. 2 vol. in-8. br. 12 fr.

**2321. Chronicon.** Saxonicum ex Mss Codicibus nunc primum integrum eridit ac latinun fecit. Edmindus Gibson. Oxonii 1692, in-4, veau dos orné. 8 fr.

Chronique utile et curieuse, très recherchée.

**2322. Chroniques** de Jean d'Auton, publiées pour la première fois en entier d'après les manuscrits de la bibliothèque du Roi, avec une notice et des notes par Paul L. Jacob. Paris. Silvestre, 1834, 4 vol. in-8. demi-mar. rouge avec coins tête dor. n. rog. dos orné. (Belz-Niédrée). 45 fr.

Bel exemplaire.

**2323. Chroniques Siennoises.** traduites de l'italien précédées d'une introduction et accompagnées de notes par le duc de Dino. Paris. Curmer, 1846, gr. in-8. broché. 4 fr.

**2324. Cicéron.** OEuvres complètes trad. en français le texte en regard par V. Le Clerc). Paris 1816-18, 27 vol. — Histoire de Cicéron, par Prévost, Paris, 1818, 2 vol. — J. A. Erneste clavis Ciceroniana. Paris, 1818, 2 vol. — Ensemble 31 vol. in-8, demi-veau, ant, dos orné, port. 60 fr.

**2325. Ciceronis.** M. Tullii Ciceronis Opera cun delectu commentariorum (Studio Jos, Oliveti). Parisiis J.-B. Coignard, 1740-42, 9 vol. in-4. veau ancien. 40 fr.

Très belle édition estimée.

**2326. Clairon.** Mémoires d'Hippolyte Clairon, et réflexions sur l'art dramatique, publiés par elle-même. Paris. Buisson, an VII in-8, veau. 4 fr.

**2327. Claretie** (Jules). Le Drapeau. Ouvrage couronné par l'académie française. Paris, Calmann Lévy. 1886 pet, in-8. demi-rel. mar. rouge avec coins n. rog. couv. 220 fr.

Un des 225 exemplaires imprimés sur papier velin du Marais avec les illustratious en trois états dont l'eau-forte pure n° 32.

**2328. Claretie** (Léo). Paris depuis ses origines jusqu'en l'an 3000 avec une préface de Jules Claretie. Paris. Charavay frères, s. d. in-4, br. 6 fr.

200 dessins dans le texte par P. Kauffmann et 11 compositions hors texte par Calmettes, Glaise, Grasset etc., gravées sur bois par Prunaire.

**2329. Clater** (Francis). Le Chasseurmédecin ou traité complet sur les

**Et de Livres anciens et modernes**

maladies du chien. Paris, 1836, in-18 demi-veau fauve.     2 fr.

2330. **Clément** (Pierre). Histoire de Colbert et de son administration. Paris. Didier, 1874, 2 vol. in-8. br. 8 fr.

2331. **Closmadeuc** (G. de). L'île de Gravr'inis et son monument. Vannes, 1864, in-12 de 20 pp. demi-rel. chagr. lavall.     1 fr. 50

2332. **Cloetboom** (D<sup>r</sup>.) OEuvres philosophiques, médicales, posthumes, humanitaires et complètes Bruxelles 1857, in-12. demi-mar. rouge avec coins tête jasp. n. rog. photographie.     5 fr.

2333. **Clot-Bey** (A.-B.) Aperçu général sur l'Egypte. Paris. Fortin, 1840, 2 vol. in-8. br.     3 fr.

    Portrait, plusieurs cartes et plans coloriés.

2334. **Colomie's**. La Bibliothèque choisie de M. Colomie's. Nouvelle édition augmentée des notes de Messieurs Bourdelot de la Monnoye. Paris chez la veuve Florentin Delaulne 1731, in-12 veau.     3 fr.

2335. **Commen- | taires** de Iules Cesar Translatez par | noble homme Estiēne de Laigue dit | Beauuoys, nouuellement reueuz et cor- | rigez. Auec les portraictz et descriptions des | lieux, forts, pontz, machines et autres | choses dont est faict mention es presens Commentaires. | Imprimé a Paris, par Pierre Gaultier, pour | Iehan Barbé. 1545. in-16, mar. bleu jans., dent. int., tr. dor. (Bauzonnet-Trautz.)     70 fr.

2336. **Commines**. Les Memorias de Felipe Comines Senôr de Argenton de los Hechos y empresas de Luis Undecimo y Carlos Octavo reyes de Francia. Traducidas de Frances con escolios proprios par don Ivan Vitrian, prior y provisor de Calataynd. Amberes, de Ivan Meursio, 1643, 2 vol. in-fol. veau fil. dos orné.     40 fr.

    Reliure moderne imitant l'ancien.

2337. **Concile œcumenigue** (Le) du Ciel, ou les Cultes, poème. Paris. Dabin an XI (1803) in-8. demi-chag. bleu.     1 fr.

    Attribué à Parny.

2338. **Conspiration** (La). de 1821 ou les Jumeaux de Chevreuse par M. L. D. D. L. Parin. Paris. Gosselin, 1829, 2 vol. in-8. br.     6 fr.

2339. **Corneli Nepotis** Vitœ excellentuum imperatorum. Phaedri Fabularum. Paris, Delloye, 1838, in-8, basane gauffrée, fil.     3 fr.

    Nombreuses figures et fleurons sur bois. Ecusson d'institution sur le plat.

2340. **Coudrette** (l'abbé). Dissertation théologique sur les loteries. S. L. 1742, in-12, veau.     3 fr.

2341. **Couronnement** (le). de Soleïmann, troisième roi de Perse et ce qui s'est passé de plus mémorables dans les deux Premières années de son règne. Paris. Claude Barbin 1571, in 12, veau fig.     3 fr.

2342. **Courrier de l'aurore** (le) ou Journal national et étranger du mardi 6 avril 1790 au mardi 26 octobre 1790, 204 n<sup>os</sup> en 2 vol. in-8. demi-rel.     10 fr.

    Ce Journal qui paraissait tous les matins rend compte des séances de l'Assemblée Nationale et des événements les plus intéressants.

2343. **Courrier françois** (Le) traduit fidellement en vers burlesques. Paris Cl. Boudeville, 1649, in-4, demi-mar. rouge.     8 fr.

    Cet ouvrage contient 12 courriers de vers satiriques.

2344. **Cousin** (Jean). La vraye science de la pourtraicture descrite et demonstrée. Paris G. Le Bé, 1647, in-4, fig., oblong. demi-rel. bas.     8 fr.

    Mouillures.

2345. **Cousin** (V.) Du vrai, du Beau et du Bien. Paris. Didier, 1860, in-8. br. port.     3 fr.

2346. **Coxe**. Histoire de la maison d'Autriche depuis Rodolphe de Hapsbourg jusqu'à la mort de Léopold II. 1218-1792. Paris, 1809. 5 vol. in-8, demi-veau.     8 fr.

2347. **Crébillion** (fils.) Tranzaï et Néadarné, histoire Japonaise. A Pékin, chez Lou Chou-Chu-La, 1758. 2 vol. in-16 demi-percal.     8 fr.

    Roman licencieux et satyrique dirigé contre le cardinal de Rohan et la duchesse du Maine : l'auteur fut mis pendant quelque temps à la Bastille, pour l'avoir publié.

2348. **Crébillon** (fils). Lettres de la marquise de M*** au comte de R***. Nouvelle édition, revue, corrigée et augmentée par l'auteur. Londres. Prault. 1767, 2 parties en un vol. pet. in 12 mar. citron fil. tr. dor. rel. anc.)     15 fr.

    Lettres très-curieuses.

2349. **Crémieux** et Ad. **Jaime**. Le petit Faust. Chœur des soldats. Paris. Vannier, 1882, br. gr. in-8. 2 fr.

Exemplaire sur Chine, illustré par de Sta, épuise.

**2350. Creusé de Lesser.** De la Liberté. Paris. Michaud, 1832, in-8. br. 2 fr.

**2351. Cubières de Palmezeaux.** Les folies sentimentales ou l'égarement de l'esprit par le cœur recueil d'anecdotes nouvelles. Paris, chez Royez, 1786, in-8. veau. 3 fr.

**2352. Dacier** (Mme). Des causes de la corruption du goût. Amsterdam chez Pierre Humbert, 1795, in-12 veau. 3 fr.

**2353. D'Alembert.** Eléments de musique théorique et pratique, suivant les principes de M. Rameau. Lyon, 1779, in-8. veau. 3 fr.

10 planches de musique.

**2354 Dallas** (C.) Correspondance de Lord Byron avec un ami et lettres écrites à sa mère en 1809 1810 et 1811 du Portugal, de l'Espagne, de la Turquie et de la Grèce souvenirs et observations le tout formant une histoire de sa vie de 1808 à 1814. Paris, Galignani, 1825, 3 vol. in-12, veau port. 8 fr.

**2355. Dallavvay** (Jacques). Constantinople ancienne et moderne, et description des côtes et isles de l'archipel et de la Troade. Paris. Denné an VII, 2 tomes en 1 vol. in-8. demi-veau fig. 2 fr.

**2356. Danchet.** Théâtre. Paris. Grangé 1751, 4 vol. in-12 veau dos orné tr. rouges. 8 fr.

4 frontispices.

**2357. Déclaration** du roy, pour faire contraindre toutes personnes sujettes à consignation, de consigner le prix dicelles ès mains des receueurs desdites consignations, chacun en son ressort. Paris, 1608. plaq. in-12, demi-maroq. grenat av. coins (14 pages). 5 fr.

**2358. Decloux** et **Doury** (architecte et peintre.) Histoire archéologique descriptive et graphique de la Sainte-Chapelle du Palais. Paris, Morel, 1875. In-fol. demi-rel, mar. rouge, tète dor., non rogné. 30 fr.

25 planches noires et coloriées.

**2359. Découverte** (La) des équivoques et échapatoires des Jésuites, sur leur prétendu bannissement. Paris. Crapelet, 1838, gr. in-8, demi-cuir de Russie avec coins tête dor. n. rog. papier vélin. 14 fr.

**2360. Deidier.** Le parfait ingénieur français ou la fortification offensive et défensive contenant la construction, etc. Paris. Joubert, 1736. in-4. veau. 5 fr.

Frontispice gravé et nombreuses figures sur la fortification en général.

**2361. Dejean.** Traité des odeurs, suite du traité de la distillation. Paris. Nyon, 1764, in-12, veau marb. 5 fr.

**2362. De La Croix.** Connubia florum latina carmine demonstrata. Parisiis, 1728, pet. in-8. veau. 2 fr.

Le mariage des fleurs en vers latins par D. de la Croix avec la traduction française et des notes rare.

**2363. Delaistre.** La science de l'ingénieur divisée en trois parties ou l'on traite des chemins, des ponts, des canaux et des aqueducs. Lyon, 1825 2 vol. de texte et un vol. de planches in-4. demi-veau. 8 fr.

Atlas contenant 56 planches.

**2364. Delavigne** (Casimir). La popularité, comédie en cinq actes, en vers. Paris. Delloye, 1839, in-8. demi-veau gris. 2 fr.

**2365. Delestre.** Gros et ses ouvrages, ou mémoires historiques sur la vie et les travaux de ce célèbre artiste. Paris. Labitte, 1845, in-8. br. 2 fr.

**2366. Delille** (abbé). Les jardins ou l'art d'embellir les paysages poëme. Paris et Rheims, 1782, gr. In-8. veau porphyre fil. tr. dor. pap. de hollande. 6 fr.

Titre gravé avec vignette par Laurent et une figure par Cochin gravée par Laurent.

**2367. Delille.** Le paradis perdu. Paris. Giguet et Michaud 1805 (an XIII.) 2 vol. gr. in-8, veau, fil. tr. dor. 5 fr.

2 jolies figures de Monsiau.

**2368. Delille** (Jacques). L'Imagination poëme. Paris. Imp. Didot, 1816, 2 tômes en 1 vol. in 8. veau gauffré dos plat. tr. dor. front. 5 fr.

**2369. Delille.** OEuvres, précédées d'une notice sur sa vie et ses ouvrages par P. F. Tissot. Paris. Furne, 1832, 10 vol. in-8. demi-chag. vert. 15 fr.

Portraits et figures de E. Johannot. Comprend : Les Georgiques, 1 vol. — L'Enéide 3 vol. — Le Paradis perdu, 2 vol. Les Jardins, l'homme des Champs, 1 vol. — L'Imagination 1 vol. — Les trois règnes. 1 vol. — La Pitié, la Conversation, Poésies, 1 vol.

**2370. Della Robbia** (Les), leur vie et leur œuvre, d'après les documents

**Et de Livres anciens et modernes**

suivi d'un catalogue de l'œuvre des Della Robbia en Italie et dans les principaux musées de l'Europe par J. Cavallucci et Em. Molinier. Paris. J. Rouam, 1884, in-4, fig. br.   20 fr.

2371. **De Lolme** (J. L.) Constitution de l'Angleterre, ou état du gouvernement Anglais, comparé avec la forme républicaine et avec les autres monarchies de l'Europe. Genève et Paris, 1787, 2 vol. in-8. veau port. 3 fr.

2372. **Delord** (Taxile). Histoire du Second empire, Paris. G. Baillière, 1869, 6 vol. in-8. demi-chag. vert. plats toile tr. jasp.   25 fr.

2373. **Delorme** (René). Le musée de la Comédie-Française. Paris, Ollendorf, 1878, in-4 br., papier teinté.   4 fr.

Publié à 10 fr.

2374. **Delvau** (Alf.). Au bord de la Bièvre. Impressions et souvenirs. Nouvelle édition. Paris, Pincebourde, 1873, pet. in 8, demi-mar. gren. avec coins, tête dor., n. rog., couv. (Bretault).   7 fr.

2375. **Delvau** (Alf.). Les Lions du jour, physionomies parisiennes. Paris, Dentu, 1867, in-12, demi-chag. rouge, tr. jasp.   6 fr.

2376. **Demangeat**. Cours élémentaire de droit romain. Paris, Marescq, 1864, 2 vol. in-8, demi-veau rose, reliure fatiguée.   2 fr.

2377. **Demesse** (Henri). Les Récits du père Lalouette. Paris, Ollendorff, 1882, in-4 br., papier teinté.   2 fr.

Nombreuses illustrations.

2378. **Desbordes - Valmore** (Mme). Les Fleurs. Poésies nouvelles. Paris, Charpentier, 1833, in-8, demi-rel.   3 fr.

Édition originale.

2379. **Des Cartes**. (René). Les Principes de la philosophie écrits en latin et traduits en françois par un de ses amis. Paris, 1681, in-4, veau marb.   5 fr.

20 planches gravées, figures dans le texte.

2380. **Description** historique et bibliographique de la collection de feu M. le comte H. de La Bédoyère sur la Révolution. Paris, France, 1862, gr. in-8, demi-percal. avec coins, n. rog.   5 fr.

2381. **Description** abrégée des principaux arts et métiers et des instruments qui leur sont propres, le tout détaillée par figures. Paris, s. d., in-4 veau.   10 fr.

139 pages de texte et 70 planches, le tout entièrement gravé.

2382. **Descrizione** delle feste celebrate in Parma l'anno 1769 per le auguste nozze du sua Altezza Reale l'Infante don Ferdinando colla reale archiduchessa Maria Amalia. In Parma, nella stamperia Reale, 1769, in-fol. cart.   35 fr.

Frontispice, 35 grandes planches et plusieurs vignettes par Petitot et gravées par Volpato, Ravenet, Bossi et autres. Un des plus beaux ouvrages qui eussent paru en ce genre. Le texte est en italien et en français.

2383. **Desfontaines** (l'abbé). Bagatelles morales et dissertations par M. l'abbé Coyer, avec le testament littéraire. Nouvelle édition, augmentée. Londres, 1759, in-12, veau. 5 fr.

2384. **Desjardins** (Ern.). La Table de Peutinger, d'après l'original conservé à Vienne. Paris, Hachette, 1869, 4 livraisons in-folio, planches.   10 fr.

Les 4 premières livraisons seulement.

2385. **Des Periers** (B.). Nouvelles récréations et joyeux devis, suivis du Cymbalum mundi. Avec une notice, des notes et un glossaire par L. Lacour. Paris, Jouaust, 1874, 2 vol. in-8 br.   12 fr.

2386. **Despine** (Constant). Manuel de l'étranger aux eaux d'Aix-en-Savoie, Annecy, Burdet, 1834, in-8, demi-mar. viol., tête dor., n. rog.   8 fr.

9 planches.

2387. **Des Portes** (Philippe), abbé de Thiron. OEuvres revues et corrigées. A Rouen, de l'imprimerie de Raphaël du Petit Val, 1611, in-16 veau fauve, fil., dos orné.   20 fr.

Titre gravé.

2388. **Desportes**. OEuvres. Avec une introduction et des notes par Alf. Michiels. Paris, Delahays, 1858, in-12, demi-veau fauve, front.   4 fr.

2389. **Despotisme** (Le) dévoilé ou mémoires de Henri Masers de Latude, détenu pendant trente-cinq ans dans diverses prisons d'Etat, rédigés sur les pièces originales par M. Thiery. A Paris, 1790, 3 vol. in-12, cart. n. rog.   4 fr.

Exemplaire fatigué.

2390. **Desprez de Boissy**. Lettres sur les spectacles. Paris, 1769, in-12, mar. rouge, fil., tr. dor., (reliure ancienne).   10 fr.

Très rare.

**Achat de Bibliothèques**

**2391. Dessin** (Le). Revue de l'Art et de l'enseignement, 3 années. Paris, Bernard, in-4 en cartons.          50 fr.

Chaque année contient 48 reproductions en phototypie avec plus de 200 pp. de texte orné de vignettes, grandes lettres, etc. Publié à 120 fr.

**2392. Destouches** (Néricault). Les OEuvres de Théâtre. Paris, Fr. Le Breton, 1716, in-12, mar. lavall., fil., dent. int., tr. rouge, dos orné. 20 fr.

Comprend : Le curieux impertinent. — L'Ingrat. — L'Irrésolu. — Le Médisant. — Le Triple mariage. Envoi autographe à M^me la duchesse de Munster.

**2393. Dezeuneris** (Reinhald). Notice sur Pierre de Brach, poète bordelais du XVI^e siècle. Paris, Aubry, 1858, pet. in-8 broché.          2 fr.

Portrait d'après Thomas de Leu.

**2394. Dezobry et Bachelet.** Dictionnaire général de biographie et d'histoire de mythologie, de géographie ancienne et moderne comparée, des antiquités et des institutions grecques, romaines, françaises et étrangères. Paris, Delagrave, 1869, 2 vol. gr. in-8, demi chag. vert, plats toile          12 fr.

**2395. Dictionnaire** des Girouettes ou nos contemporains peints d'après eux-mêmes. Paris, Eymery, 1815, in-8, demi-mar. vert.          6 fr.

Curieuse figure allégorique coloriée.

**2396. Diderot.** La Religieuse. Paris, Maradan, an VI (1798) in-12, veau, fig.          3 fr.

**2397. Diderot.** Les bijoux indiscrets. Au Monomotapa, s. d., 2 vol. in-12, demi-rel. mar. rouge, tête dor., n. rog.          12 fr.

13 figures non signées.

**2398. Diderot** et d'**Alembert.** Encyclopédie ou dictionnaire raisonné des sciences, des arts et des métiers. Paris, 1751, 35 vol. in-fol., veau marb., fil. ant.          150 fr.

22 vol. de texte et 13 contenant 4.000 planches gravées. Bel exemplaire.

**2399. Dorat.** Les victimes de l'amour ou lettres de quelques amans célèbres précédées d'une pièce sur la mélancolie. Amsterdam, 1776. — Zéphirine, ou l'époux libertin, anecdote volée par l'auteur d'Adélaïde. Amsterdam, 1771. Ens. 2 parties en 1 vol. in-8, demi-rel. veau.          5 fr.

Figures de Marillier.

**2400. Ducarel.** Antiquités anglo-normandes. Traduites de l'anglais par A. L. Lechaudé d'Anisy. Caen, Mancel, 1823. — Delauney. Origine de la Tapisserie de Bayeux, prouvée par elle-même. Caen, Mancel, 1824. Ens. 1 vol. gr. in-8, demi-vél. blanc, tête jasp., n. rog.          25 fr.

42 planches hors texte.

**2401. Duchesne.** Essai sur les nielles, gravures des orfèvres florentins du XV^e siècle. Paris, 1826, in-8, demi-veau rose.          5 fr.

Manque les figures.

**2402. Du Choul.** Les discursos de la religion castramentacion assiento del campo. En Léon de Francia, 1579, in-4, demi-rel. veau rose.          6 fr.

Nombreuses figures sur bois.

**2403. Dufresnoy** et l'abbé **De Marsy.** L'école d'Uranic, ou l'art de la peinture, traduit du latin par de Querlon. Paris, 1753, in-12, mar. rouge, dent. int., tr. dor. (Châtelin).          7 fr.

**2404. Dulaure.** Des cultes qui ont précédé et amené l'idolatrie ou l'adoration des figures humaines. Paris, 1805, in-8 cart.          5 fr.

**2405. Dumas** fils (A.). Herminie, l'Amazone. Paris, Calman-Lévy, 1888, pet. in-8, demi-mar. vert avec coins, n. rog., couv.          170 fr.

Un des 225 exemplaires tirés sur papier vélin du Marais avec les figures en trois états dont l'eau-forte pure (n° 24.)

**2406. Dumas** (A. fils). Ilka. Pile ou face. Souvenirs de jeunesse. Le songe d'une nuit d'été. Au d^r J. P. Paris, Calmann-Lévy, 1896, gr. in-8, demi-rel. toile. n. rog., couv.          7 fr.

Illustrations de Marold.

**2407. Dumouriez.** La vie et les mémoires, avec des notes et des éclaircissements par MM. Berville et Barrière. Paris, Baudoin, 1822, 2 vol. in-8 cart.          8 fr.

**2408. Dusaulx.** De la passion du jeu depuis les temps anciens jusqu'à nos jours. Paris, Imp. de Monsieur, 1779, 2 tomes en 1 vol. in-8, demi-veau vert, n. rog.          5 fr.

**2409. Epinay** (M^me d'). Mémoires et correspondance. Paris, Brunet, 1818, 3 vol. in-8, cart.          12 fr.

**2410. Fallue.** Histoire politique et religieuse de l'église métropolitaine et du diocèse de Rouen. Rouen, 1850, 4 vol. in-8, br.          10 fr.

Avec une vue lithographique de la cathédrale de Rouen.

**Et de Livres anciens et modernes**

**2411. Favre** (de). Les quatre heures de la toilette des Dames, poème érotique en quatre chants. Paris, J. F. Bastien, 1779, gr. in-8, veau marb., dos orné.     100 fr.

1 front., 1 vignette, 4 figures et 4 culs-de-lampe par Leclerc, gravés par Arrivet, Halbou, Legrand, Leroy et Patas.

**2412. Ferrières** (M<sup>is</sup> de). Mémoires, avec une notice sur sa vie, par MM. Berville et Barrière. Paris, Baudouin, 1821, 3 vol. in 8, cart.     12 fr.

**2413. Feu** (Le) royal et magnifique qui s'est tiré sur la Rivière de Seine vis à vis du Louvre, en présence de leurs Majestez, par ordre de Messieurs de Ville, pour la Resjouyssance de l'entrée du Roy et de la Reine, le 29 Aoust 1660. Paris, Loison, 1660, in-4, mar. rouge, dos et coins fleurdelysés, armes, tr. dor. (Petit).     28 fr.

**2414. Feuillet** (Oct.). Julia de Trécœur. Illustrations de Henriot, gravées par Clavès. Paris, Calmann-Lévy, 1885, pet. in-8, demi-rel. mar. orange avec coins, tête dor., n. rog., dos orné, couv.     200 fr.

Un des 225 exemplaires sur papier vélin du Marais avec les figures en trois états dont l'eau-fortes pure nº 32.

**2415. Firmian.** Le Gygès Gallus, traduit par le P. Antoine de Paris. Paris, veuve Thierry, 1663, in-12, vél. à recouv. ébarbé, titre gravé.     5 fr.

Contient : Gygès. — Sangsues. — Impudicité religieuse. — Abstinence bien ordonnée. — Mary doré. — Bibliothèque d'un riche. — Funérailles de la vertu. — Escolle d'amour. — Mouillures.

**2416. Floquet.** Canal de Provence, ou canal d'Aix et de Marseille, son utilité, sa possibilité, sa nature : Avantages qui en reviendront au Roy, à la Provence et à la compagnie des propriétaires. Paris, Lemercier, 1750, in-8, veau.     3 fr.

Avec une carte.

**2417. Folie** (De la). Le philosophe sans prétention ou l'homme rare. Paris, Clouzier, 1775, in-8, demi-maroq. lavall. av. coins, tr. dor. (Petit-Simier).     10 fr.

Une vignette, un fleuron sur le titre et un charmant frontispice gravés. Très bel exemplaire.

**2418. Fontaines** (Louys). Description du pays de Jansemé, où il est traité des singularitez qui s'y trouvent, des coutumes, mœurs et religion de ses habitants. A Bourg-Fontaine, 1688, pet. in-12, veau.     10 fr.

Frontispice et une planche se dépliant.

**2419. Fouque** (Joseph). Eudoxie, drame. Marseille, 1837, in-8, perc. non rog.     3 fr.

**2420. Franck** (Ad.). La Kabbale ou la philosophie religieuse des hébreux. Paris, Hachette, 1843, in 8, br.     8 fr.

Rare.

**2421. Fulvio** (And.). L'antichita di Roma di And. Fulvio antiquario romano. In Venetia, 1588, pet. in-4, fig. sur bois, vélin blanc.     10 fr.

**2422. Galerie** des peintres flamands, hollandais et allemands, ouvrage enrichi de deux cent une planches gravées d'après les meilleurs tableaux de ces maîtres... avec un texte explicatif pouvant servir à faire reconnaître leur genre et leur manière... par M. Lebrun, peintre. A Paris, chez Poignant, 1792-1796, 3 tomes en 2 vol. in-fol., mar. rouge, large dent. sur les plats, dos ornés, tr. dor. 1.500 fr.

Superbe exemplaire avec figures avant la lettre.

**2423. Gantez.** L'Entretetien des Musiciens par le S<sup>r</sup> Gantez, maître de chapelle, pub. d'après la rarissime édition d'Auxerre, 1643, par Thoinan. Paris, 1878, in 8, demi-mar. rouge avec coins, tête dor., n. rog.     15 fr.

Un des 100 exemplaires en gr. papier de Hollande avec le front. en trois états, épreuves avec la lettre et avant la lettre.

**2424. Garnier** (Edouard). Histoire de la céramique, poteries, faïences et porcelaines chez tous les peuples, depuis les temps anciens jusqu'à nos jours. Tours, Mame, 1882, gr. in-8, br.     12 fr.

Illustration d'après les dessins de l'auteur. 2ᵉ édition augmentée de 4 chromolithographies.

**2425. Gaspard de Pons** (le C<sup>te</sup>). Constant et discrète, poème en 4 chants, suivi de poésies diverses. Paris, Renard, 1819, pet. in-12, demi-mar. laval. avec coins, tête dor., n. rog.     4 fr.

**2426. Gil Blas** illustré, de l'origine, 30 mai 1891 à 1896, 252 numéros en ff.     40 fr.

**2427. Gilpin** (William). Observations pittoresques sur différentes parties de l'Angleterre, particulièrement sur les montagnes et les lacs du Cumberland et du Westmoreland, trad. de l'anglais par le baron de B***. Breslau, Th. Korn, 1801, 2 vol. in-8, v. marb.     15 fr.

Nombreuses figures gravées à la manière noire.

**Achat de Bibliothèques**

**2428. Goiffon et Vincent.** Mémoire artificielle des principes relatifs à la fidelle représentation des animaux tant en peinture qu'en sculpture. Ouvrage intéressant pour les personnes qui se destinent à monter à cheval. Alfort, 1779, 2 part. en 1 vol. in fol., demi-veau. 25 fr.

23 planches.

**2429. Goldsmith** (Ol.). The deserted village, illustrated by the Etching Club. London, 1841, in-fol. mar. rouge, dent. sur les plats, dos orné, tr. dor. 120 fr.

Ce beau volume est accompagné de 40 pages gravées sur chacune desquelles sont deux sujets relatifs au poème.

**2430. Goldsmith.** Le Vicaire de Wakefield. Traduction, préface et notes par Ch. Nodier. Paris, Jouaust, 1888, 2 tomes en 1 vol. demi-mar. viol. avec coins, tête dor., n. rog., couv. (Pougetoux). 32 fr.

Eaux-fortes par Ad. Lalauze.

L'un des 20 ex. sur papier de Chine avec double suite des planches.

**2431. Gonse** (Louis). L'art ancien à l'exposition de 1878. Paris, Quantin, 1879, in-4, demi-rel. mar. lie de vin avec coins, tête dor., n. rog., couv. 22 fr.

Nombreuses figures et eaux-fortes.

**2432. Gonse** (Louis). L'art moderne à l'exposition de 1878. Paris, Quantin, 1879, in-4, demi-rel. mar. lie de vin avec coins, dos orné, tr. dor., n. rog. 22 fr.

Nombreuses figures et eaux-fortes.

**2433. Goube.** Histoire du duché de Normandie. Rouen, 1815, 3 vol. in-8, demi-veau. 12 fr.

Cartes et gravures.

**2434. Gourlier, Biet, Grillon** et **Tardieu,** architectes. Choix d'édifices publics projetés et construits en France depuis le commencement du xixe siècle. Paris, L. Colas, 1825-50. 3 vol. in-fol., demi-veau brun, avec coins, tête dor. (Rel. anglaise). 70 fr.

Ouvrage contenant 368 pl. gravées au trait, avec des notices relatives aux édifices qui y sont représentés. Quelques taches de rousseur.

**2435. Goya** (Fr.). Tauromaquia de Francesco. Goya, in-fol. obl., demi-rel. veau fauve, tête dor., n. rog. 220 fr.

Recueil de 33 eaux-fortes de Goya. Epreuves d'ancien tirage, en-tête du volume, un feuillet de sable avec l'intitulé : « Treinta y tres estampas que representan diferentes suertes, etc. » Bel ex. avec les figures avant la lettre.

**2436. Gravillon** (Arthur de). A propos de bottes. Paris, Faure, 1865, in-8, demi-chag. 4 fr.

Une eau-forte et 85 croquis à la plume par l'auteur.

**2437. Guénébault.** Le Réveil de Chyndonax, prince des Vacies, Druydes celtiques, dijonois, avec la saincteté, religion et diversité des cérémonies observées aux anciennes sépultures, par M. G. D. M. D. (Guénébault). Dijon, Claude Guyot, 1621, pet. in-4, fig., mar. r., fil., tr. dor., (Reliure anc.). 65 fr.

Exemplaire avec la planche qui représente le tombeau et l'urne.

**2438. Halévy** (Ludovic). La famille Cardinal. Illustrations de Mas gravées par Massard. Paris, Calmann Lévy, 1883, pet. in-8, demi-rel. mar. citron avec coins, tête dor., n. rog., couv. 45 fr.

On a ajouté une suite de gravures de Mas gravées par Massard.

**2439. Henry** (Gabriel). Histoire de la langue française. Paris, Leblanc, 1812, 2 vol. in-8, demi-mar. vert, n. rognés. 5 fr.

**2440. Heures** nouvelles dédiées à Madame la Dauphine, contenant tous les offices, vespres, hymnes, proses et prières qui se disent à l'église. Se vendent à Paris, chez Soubron, 1682, in-8, mar. rouge, dos orné, tr. dor. 25 fr.

Exemplaire réglé avec figures de Landry.

**2441. Hodges** (W.). Choix de vues de l'Inde prises sur les lieux pendant les années 1780-83, exécutées en aquatinta avec les descriptions en anglais et en français. Londres, Edwards, 1786, in-fol., cuir de Russie. 60 fr.

48 planches.

**2442. Janin** (Jules). Béranger et son temps. Paris, René Pincebourde, 1866, 2 vol. in-16, br. 6 fr.

Front. avec portrait à l'eau-forte.

**2443. Janin** (Jules). Béranger et son temps. Paris, Réné Pincebourde, 1866, in-16, br. 8 fr.

Exemplaire sur papier de Hollande, (no 40), avec la double épreuve des portraits.

**2444. Janvier.** Essai sur les horloges publiques, pour les communes de la campagne. Dédié aux habitants du Jura. Paris, 1811, in-8, demi-veau avec coins, planches. 3 fr.

**2445. Jardin des Plantes** (Le). Description complète, historique et pit-

**Et de Livres anciens et modernes**

toresque du muséum d'histoire naturelle de la Ménagerie, des serres, des galeries de minéralogie et d'anatomie, et de la vallée suisse. Par MM. P. Bernard, L. Couailhac, Gervais Emm. Lemaout. Paris, Curmer, 1842, 2 vol. gr. in 8, demi-veau.    40 fr.

Nombreuses illustrations dans le texte et hors texte dont plusieurs sont coloriées. Très bel exempl. complètement non rogné. Quelques piqûres.

**2446. Jeannin** (le président). Ses négociations. Jouxte la copie de Paris, chez Pierre le Petit (Amsterdam), 1659, 2 vol. pet. in-12, mar. rouge, fil., dos ornés, dent. int., tr. dor. (Capé).    70 fr.

Portrait.

**2447. Jehan de Brie.** Le bon berger ou le vrai régime et gouvernement des Bergers et Bergères, réimprimé sur l'édition de Paris (1541) avec une notice par Me Paul Lacroix. Paris, 1879, in-18 br.    3 fr.

Charmante réimpression faite sur beau papier de Hollande, figures sur bois dans le texte.

**2448. Jeu** (Le) de l'hombre, augmenté des décisions nouvelles sur les difficultez et incidens de ce jeu. Paris, P. Ribou, 1709, in-12, fig., veau.    4 fr.

**2449. Jeu** (Le) des eschets traduit de l'italien de Gioachino Greco Calabrois. Paris, J. Le Fébure, 1689, in-12, veau.    4 fr.

**2450. Joinville** (Jehan sire de). Histoire de Saint-Louis. Les annales de son règne par Guil. de Nangis, sa vie et ses œuvres par le confesseur de la reine Marguerite. Paris, Imp. royale, 1761, in-fol. veau.    25 fr.

En-têtes et fleurons gravés par Gravelot.

**2451. Jorio** (And. de). Guida per le catacombe di S. Gennaro dé poveri del canonico. Napoli, 1839, in-8, demi-rel. toile.    3 fr.

6 planches.

**2452. Journal** des Gourmands et des Belles, par l'auteur de l'almanach des gourmands (Grimod de La Reynière) et autres. Paris, Capelle et Renand, 1806-1815, 38 vol. in-18, port., veau.    50 fr.

Collection bien complète, (121 n°s), très difficile à rencontrer.

**2453. Journée** de l'Amour, ou heures de Cythère (par la C*tesse* de Turpin, Boufflers, Gaillard, Fovart et l'abbé de Voisenon). Gnide, (Paris), 1776,

in-8, demi-chag. vert, n. rog.    20 fr.

Petit recueil de babioles produites par une Société littéraire, dite l'Ordre de la Table Ronde. Il est dédié aux femmes et orné de 4 gravures et 8 culs-de-lampe, dessinés par Taunay.

**2454. Joyeusetez,** Facéties et folastres imaginations de Caresmeprenant, Gaulthier Garguille, Guillot, Gorju, Roger Bontemps. etc. Paris, Techener, 1829-1837, 17 vol. in-16, pap. de Holl., mar., dos orné, fil., dent int., tr. dor. (Hardy).    350 fr.

Collection de facéties et de poésies anciennes, la plupart très rares. Tome I : Evangile des connoilles. — Tome II : Facecies de Du Moulinet. — Tome III : Dix pièces sur le mariage (car. goth.). — Tome IV : Dix pièces : le Caquet des chambrières, les Ruses des chambrières, la Maltôte des cuisinières, etc. — Tome V : La fleur de toute joyeuseté (car. goth.). — Tome VI : La Fleur des chansons nouvelles. Le Blason des danses, par G. Paradin. — Tome VII : Recueil de tout soulas. Le Plaisant boutehors d'oysiveté (car. goth.). — Tome VIII : 4 pièces : Vie généreuse des Mattois, Cabale des filous, le Jargon, Complainte au grand cœsre. — Tome IX : Six pièces : Songe de la pucelle. Divers Propos d'un prieur, Dialogue plaisant, Devot sermon de saint Jambon, Sermon de saint Raisin, Déploration de Robin, Moyen d'éviter mérencolie (car. goth.). Tome X : Formulaire fort récréatif de tous contrats. — Tome XI : Les Adevineanx amoureux. — Tome XII : Avis des trois bibliophiles et 6 pièces. — Tome XIII : Liminaire des trois bibliophiles : Fleurs des chansons. Chanson nouvelle des Suysses. Cri de joye (car. goth.). — Tome XIV : Avis des trois bibliophiles et 8 pièces. — Tome XV : Dernier mot des trois bibliophiles, 10 pieces sur Tabarin. — Tome XVI : Avis des trois bibliophiles, 12 pièces de la Coquille, Caresme-prenant, Gaultier, Garguille, etc. Tome XVII : Les Quinze Joies de mariage.

Bel exemplaire de M. A. Veinant, dans une jolie reliure de Hardy en maroquin de diverses couleurs : vert foncé, vert clair, orange, citron, rouge, bleu, etc.

**2455. Jullemier** (M*me* Alexandrine). Mémoires authentiques d'une sage-femme. Paris, Dumont, 1835, 2 vol. in-8, demi-veau fauve.    6 fr.

**2456. Julyot** (Ferry). Les Elégies de la belle fille lamentant sa virginité perdue. Réimpression complète, publiée d'après l'édition originale de 1557, avec notice, éclaircissements et index. Paris, L. Willem, 1873, in-8 br.    6 fr.

Exemplaire sur papier de Hollande.

**2457. Justin.** L'Histoire universelle de Trogue Pompée, réduite en abrégé et traduite en françois par le sieur de Collomby Cauvigny par le commandement du Roy. Revueue et corrigée en cette dernière édition. A Rouen, chez Berthelin, 1666, in-12, mar. rouge à fil., tr. dor., dos orné, (rel. anc.).          4 fr.

2458. **Juvenalis**. Satirae ad codices parisinos recensitae. Parisiis, Firmin Didot, 1810, 3 vol. in-8, demi-veau front.          8 fr.

2459. **Keate** (Georges). Relation des îles Pelew, situées dans la partie occidentale de l'Océan pacifique. Paris, 1788, in-4, veau.          12 fr.

Portrait, carte et planches.

2460. **Keyser**. L'Ambassade la Compagnie orientale des Provinces-Unies vers l'empereur de la Chine, ou grand Cam de Tartarie, faite par les sieurs Pierre de Goyer et Jacob de Keyser, le tout recueilli par Jean Nieuhoff, mis en françois par Jean Le Carpentier. Leyde, 1665, in-fol., front. gr., portr. et nomb. fig., mar. rouge, dos orné, fil., tr. dor. (Rel. anc.).          60 fr.

Bel exemplaire.

2461. **Kircheri** (Athanasii). China monumentis quà sacris quà profanis illustrata. Amstelodami, J. Janssonius, 1667, in-fol., pl., cart., non rogné.          20 fr.

Frontispice et nombreuses planches gravées.

2462. **Kircher**. La Chine, illustrée de plusieurs monuments tant sacrés que profanes, avec un dictionnaire chinois et français, trad. par F. S. Dalquié. Amsterdam, 1670, in-fol., veau.          35 fr.

Nombreuses figures et cartes. Armoiries sur les plats.

2463. **Krell** (P.-F.). Les Classiques de la Peinture. Renaissance italienne (1420-1540). Collection des œuvres les plus célèbres des maîtres italiens avec texte explicatif. Traduit (sur l'original allemand) par G. Dubray. Impression photographique de M. Rommel à Stuttgart. Paris, F. Vieweg, s. d., in-fol. demi-chag. bleu avec coins, fil. tête dor., n. rog.          45 fr.

68 planches.

2464. **La Beaumelle** (A. de). Mémoires pour servir à l'histoire de M^me de Maintenon, et à celle du siècle passé. A Amsterdam, 1755, 6 vol. — Lettres de M^me de Maintenon à diverses personnes et à M. d'Aubigné son frère (par le même). A Amsterdam, 1756, 9 vol. — Ensemble 15 vol. in-12,

portr., veau marb.          35 fr.

Exemplaire de La Baumelle portant sa signature.

2465. **La Boëssière**. Traité de l'art des armes, à l'usage des professeurs et des amateurs. Paris, Didot, 1818, in 8, demi-mar. rouge avec coins, tête dor., n. rog.          25 fr.

20 planches pliées, dessinées par Bodem et gravées par Adam.
Bel exemplaire.

2466. **Labruyère**. Les Caractères de Théophraste, traduits du grec avec les caractères ou les mœurs de ce siècle. 8^e édition, revue, corrigée et augmentée. Paris, E. Michallet, 1694, in-12. veau.          8 fr.

2467. **La Bruyère**. Les Caractères de Théophraste. De l'imprimerie de la Société littéraire typographique, 1783, in-8, veau fauve, fil., tr. dor.          6 fr.

2468. **La Fage** (Ad.). Histoire générale de la musique et de la danse. Paris, 1844, 2 vol. in 8, demi-chag. lavall., tr. jasp.          8 fr.

2469. **La Frégeollière** (Bernard de). Emigration et Chouannerie. Paris, Jouaust, 1881, gr. in-8 br.          6 fr.

Portrait gravé à l'eau-forte par Martial.

2470. **Lalanne** (Max.) Chez V. Hugo par un passant. Paris, Cadart, 1864, in-8 percal. tête jasp. n. rog. couv.          7 fr.

12 eaux-fortes.

2471. **Lamartine** (Alp de). Harmonies poétiques et religieuses. Bruxelles, Franck, 1830, 2 vol. in-12 br.          8 fr.

2472. **La Villemarqué** (Th. de). Chants populaires de la Bretagne recueillis et publiés avec une traduction française, des éclaircissements des notes et les mélodies originales. Paris, Charpentier, 1839, 2 vol. in-8 demi-veau vert.          20 fr.

Edition originale.

2473. **Lecanu** (Curé de Bolleville). Histoire des évêques de Coutances depuis la fondation de l'évêché jusqu'à nos jours. Coutances, 1839, in-8 broché.          3 fr.

2474. **Lecanu** (L'abbé). Histoire de Clichy-la-Garenne. Paris, 1848, in-8 br.          2 fr.

2475. **Lecointre**. Les Crimes de sept membres des anciens comités de salut public et de sûreté générale ou dénonciation formelle à la Convention contre Billaud-Varennes, Barère, Collot - d'Herbois, Vadier, Vaulaud, Amar et David. Paris, in-8, demi-rel. perc., non rog. **3 fr.**

Exemplaire avec la signature de Lecointre.

**2476. Lecomte** (Jules). L'Italie des gens du monde. Venise, ou coup d'œil littéraire, artistique, historique, poétique et pittoresque, sur les monuments et les curiosités de cette cité. Paris, Souverain, 1844, in-8, demi-reliure. **3 fr.**

**2477. Le Comte** (Louis). Nouveaux Mémoires sur l'état présent de la Chine. Amsterdam, H. Desbordes, 1698, 2 tomes en 1 vol. in-12, vélin blanc, figures. **5 fr.**

**2478. Le Fèvre de la Boderie.** (Guy). L'encyclie des secrets de l'éternité. Anvers, Chr. Plantin, s. d., in-4 de 344 pp., mar. laval, dent. int., tr. dor. (Capé). **120 fr.**

Bel exemplaire d'un livre fort rare.

**2479. Legrand d'Aussy.** Fabliaux ou contes, fables et romans du xiie et xiiie siècle, traduits ou extraits par Legrand d'Aussy, troisième édition considérablement augmentée. Paris, Renouard, 1829, 5 vol. in-8, pap. vélin, dem. veau avec coins. **100 fr.**

18 figures dess. par Moreau et Desenne, épreuves avant la lettre, tirées sur papier de Chine.

**2480. Lélut.** L'Amulette de Pascal, pour servir à l'histoire des hallucinations. Paris, Baillière, 1846, in-8, demi-chagr. rouge. **4 fr.**

**2481. Lemaire.** Histoire naturelle des oiseaux d'Europe (1re partie, Passereaux), s. d., gr. in-8, demi-chag. noir, n. rog. **12 fr.**

88 planches coloriées par Pauquet.

**2482. Le Maire.** Histoire et antiquitez de la ville et duché d'Orléans augmentée des antiquitez des villes dependantes du chastelet et bailliage d'Orléans plus les généalogies des nobles et illustres Orléanois, la fondation des églises. Orléans, Mario, Paris, 1648, in-f., demi-rel. vél. **20 fr.**

Titre taché, ff. remontés.

**2483. Le Maire** (Jan.) Les Illustrations de Gaulle et singularitez de Troye, contenant trois parties, avec l'épistre du Roi Hector de Troye, le traicté de la différence des scismes et des concilies, la vraye histoire et non fabuleuse du prince Syach Ysmail dict Sophy. Le tout composé par excellent hystoriographe maistre Je-

han Le Maire de Belges, en son vivant secrétaire, et judiciaire de très haulte et sacrée princesse Madame Anne de Bretaigne deux fois Royne de France. Nouvellement imprimée à Paris, par Pierre Vidoue, 1540, fort vol. in-8, mar. r. comp. tr. dor. (Thompson.) **100 fr.**

Jolie édition, très complète.
Exemplaire au chiffre de Charles Nodier.

**2484. Lemaire** (Ch.) Imitation à la philosophie de la Liberté. Paris, Pagnerre, 1842, 2 vol. in-8, demi mar. orange avec coins tête dor., n. rog., dos orné. **8 fr.**

Envoi d'auteur et nombreuses corrections au crayon.

**2485. Le Mouël** (Eug.) Le Nain Goëmon, conte illustré par l'auteur. Paris, Lemerre, in-4, cart. de l'éditeur, tr. dor. **4 fr.**

32 gravures en couleur.

**2486. Le Nail** (E.) Le Château de Blois. (Extérieur et intérieur). Architecture de la Renaissance. Paris, Ducher, 1875, in-fol. en feuilles dans un carton. **90 fr.**

68 planches coloriées.

**2487. Le Noble** (Alexandre). Histoire du sacre et du couronnement des rois et reines de France. Paris, 1825, in-8 broché. **3 fr.**

Figure gravée au trait.

**2488 Le Pays.** Amitiés, amours et amourettes. Amsterdam, Wolfgang, 1693, front. — Les nouvelles œuvres. Amsterdam, Wolfgang, 1687, front. Ensemble, 2 vol. in-12, mar. rouge fil. à froid, tr. dor. **20 fr.**

**2489. Lépicié.** Catalogue raisonné des tableaux du Roy, avec un Abrégé de la vie des peintres, fait par ordre de S. M. par M. Lépicié, secrétaire perpétuel de l'Académie de peinture. Paris, Impr. royale, 1752, 2 vol. in-4, mar. r., fil., tr. dor. (Aux armes de France). **90 fr.**

Légère différence dans la reliure.

**2490. Lepsius** (C. R.). Denkmaeler aus Ægypten und Æthiopien. Berlin, 1849-58, 12 vol. gr. in-fol., demi-rel., contenant 900 pl. noires et coloriées montées sur onglet. Très bel exemplaire. **1300 fr.**

Division de l'ouvrage : I Abth. Vol. I-II : Topographie und Architektur, 147 pl. numérotées 145. — II Abth. Vol. III-IV : Denkmaeler des Alten Reiches, 154 pl. num. 153. — III Abth. Vol. V-VIII : Denkmaeler des Neuen Reiches, 307 pl. num. 304. — IV Abth. Vol IX : Denkmaeler aus den zeit der Griechis-

chen und Roemischen Hersschaft, 90 pl.
— V Abth. Vol. X : Æthiopische Denkmaeler, 75 pl. — VI Abth. Vol. XI-XII :
Inschriften mit ausschluss der hierogly-
phischen, 127 pl.

**2491. Le Sage.** Histoire de Gil Blas
de Santillanc. Nouvelle édition, avec
12 gravures. Paris, P. Bert, an V;
(1797), 4 vol. in-8, brochés. 25 fr.

Exemplaire tiré sur papier vélin,
contenant les 12 figures dess. par Marillier, gr. par Villerey. épreuves avant
la lettre et avant les numéros.

**2492. Le Sage.** Histoire de Gil Blas
de Santillane. Edition collationnéc
sur celle de 1747, corrigée par l'auteur, avec un examen préliminaire,
de nouveaux sommaires des chapi-
tres et des notes historiques et littéraires par le comte François de Neuf-
château. Paris, Lefèvre, 1820, 3 vol.
in-8 demi-mar. rouge n. rog. 30 fr.

Figures de Desenne. Exemplaire
tiré sur gr. papier vélin avec les figures
avant la lettre.

**2493. Lesguillon** (M^me Hermance).
Le midi de l'âme. Paris, Amyot,
1842, in-8, br. 2 fr.

**2494. Lesné.** La Reliure, poème didactique en six chants. Paris, 1827,
gr. in-8, cart. n. rog. 15 fr.

Exemplaire en grand papier raisin-
vélin.

**2495. Lesson** (P.). Voyage autour du
monde entrepris par ordre du gouvernement sur la corvette La Coquille. Paris, Pourrat, 1839, 2 vol.
gr. in-8, demi-rel. chag. rouge. 8 fr.

Nombreuses planches et plans.

**2496. Le Sueur** (Eust.) La Vie de
Saint Bruno représentée en 22 tableaux. Paris, Smith, 1823, gr. in-fol.
demi-rel. n. rog. 20 fr.

**2497. Lesur.** Des progrès de la puis-
sance Russe depuis son origine jusqu'au commencement du xix^e siècle.
Paris, Fantin, 1812, in-8, demi-veau.
3 fr.

**2498. Lettres** de la Marquise du Def-
fant à Horace Walpole depuis comte
d'Orford. Paris, Ponthieu, 1824, 4
vol. in-8, demi-rel. bas. 18 fr.

**2499. Lettres** du cardinal Mazarin, où
l'on voit le secret de la négociation
de la paix des Pyrénées ; et la relation des conférences qu'il a eues
pour ce sujet avec D. Loüis de Haro,
ministre d'Espagne. Amsterdam,
1693, 2 part. en 1 vol. in-12, veau.
3 fr.

**2500. Lettres** d'un docteur Allemand
de l'Université catholique de Strasbourg à un gentil homme protestant
sur les six obstacles au salut qui se
rencontrent dans la religion Luthé-
rienne. Strasbourg, Fr. Le Roux,
1730, 2 vol. in 4 veau. 8 fr.

Rare.

**2501. Lettres** sur la guerre de Russie
en 1812 ; sur la ville de Saint-Pétersbourg, les mœurs et les usages
des habitans de la Russie et de la
Pologne. Paris, Magimel, 1816, in-8,
cart. 3 fr.

**2502. Lettres** sur l'éducation des
princes (par Fontenai). Avec une lettre de Milton, où il propose une
nouvelle manière d'élever la jeunesse
d'Angleterre. A Edimbourg, John
True-Man, 1746, in-12, mar. viol., tr.
dor. 12 fr.

**2503. Levêque** (M^me). Le Prince des
Aigues marines et le Prince invisible,
contes. Paris, Coustelier, 1744, in-12,
fig. de Cochin, veau marbr. 4 fr.

**2504. Le Verrier de La Conterie.**
L'Ecole de la Chasse aux chiens cou-
rants, précédée d'une bibliothèque
historique et critique des Théreuti-
cographes. A Rouen, de notre imprimerie N. et Rich. Lallemant, 1763,
2 part. en 1 vol. in-8 veau. 90 fr.

Edition originale, contenant 16 planches et 14 pages de tons de chasse et
fanfares. Très rare.

**2505. Ligne** (Prince de). Mémoires et
mélanges historiques et littéraires.
Paris, A. Dupont et C^ie, 1827, 5 vol.
in-8, portr. demi-rel. bas. 18 fr.

**2506. Linguet.** Mémoires de Linguet
sur la Bastille et de Dusaulx sur le
14 juillet. Paris, Baudouin, 1821,
in-8 cart. 3 fr.

**2507. Littré.** La Vérité sur la mort
d'Alexandre Le Grand. — La mort de
Jules César, par Nicolas de Damas.
Paris, Pincebourde, 1865, in-12 carré
demi-mar. viol. tête dor. n. rog.
(Champs) 4 fr.

Frontispice avec portraits à l'eau-
forte de Ulm.

**2508. Livre Doré** (Le) de l'Hôtel-de-
ville de Nantes avec les armoiries et
les jetons des maires par Alexandre
Perthuis et S. de La Nicollière, Tei-
jeiro, Nantes. J. Grinsard, 1873, 2
vol. in-4, demi-mar. rouge avec
coins tête dor. n. rog. (Belz-Niédrée).
40 fr.

Un des 50 exemplaires sur papier de

**Achat de Bibliothèques**

Hollande, 15 pl. hors texte sur chine collé et nombreux blasons dans le texte.

**2509. Livre** (Le) de la chasse du Grand Seneschal de Normandye et les ditz du bon chien Souillard qui fut au roy Louis de France XIe de ce nom, publié par le baron Jérôme Pichon. Paris, Aubry, 1858, pet. in-8, mar. rouge jans., dent. int., tr. dor. (Hardy).     30 fr.

L'un des 8 exemplaires tirés sur papier de Chine.

**2510. Livre** (Le) des prouffitz champestres et ruraulx composé par Maistre Pierre des Crescens, trad. de langue toscane en françoys, auquel est traicté de la congnoissance du bon air, de la bonne terre, des bonnes eauex, du labour des champs, vignes, jardins, etc. de la manière de nourrir toutes bestes, volailles et oiseaulx de prove, pareillement la manière de prendre toutes bestes sauvages, poissons et oyseaux. On les vend à Lyon, en la maison de Pierre de Saincte-Lucie dict le Prince, 1539, pet. in-fol., gothique, fig. s. bois, veau brun mosaïque sur les plats, tr. ciselée (rel. anc.)    750 fr.

Charmante reliure très habilement restaurée.

**2511. Livre d'or** (Le) du Salon de Peinture et de sculpture. Catalogue descriptif des œuvres récompensées et des principales œuvres hors concours, rédigé par G. Lafenestre. Paris, Jouaust, 1879-86, 8 vol. gr. in-8, br.     60 fr.

Formant les 8 premières années. Nombreuses eaux-fortes.

**2512. Livre Noir** (Le) de Messire Delavau et Franchet, ou répertoire alphabétique de la police politique sous le ministère déplorable ; ouvrage imprimé d'après les registres de l'administration précédé d'une introduction par M. Annnée. Paris, Moutardier, 1829, 4 vol. in-8, demi-percal. n. rog.     20 fr.

Bel exemplaire.

**2513. Longpérier** (A. de). Les pierres écrites des arènes de Lutèce. — Extrait d'un mémoire sur des coupes sassanides. — Numismatique. — Un portrait de la pythie delphique. — Nécrologie. Ens. 1 vol in-8, demirel. chag.     2 fr. 50

**2514. Longus.** Les Amours pastorales de Daphnis et Chloé, traduites du grec de Lougus par Amyot. Paris, imprimé par P. Didot l'Aîné, an VIII, pet. in-12 mar. bleu, orn. sur les

plats, fil., dent. int., tr. dor., dos orné, (Capé).     25 fr.

Portrait sur chine de Saint-Aubin.

**2515. Longus.** Daphnis et Chloé. Traduction complétée par P.-L. Courier, préface par Amaury Duval. Paris, Hetzel, 1863, in-fol. percal. rouge, tr. dor.     15 fr.

43 compositions au trait par Léopold Burthe.

**2516. Longus.** Daphnis et Chloé. Traduction d'Amyot, revue et complétée par P.-L. Courier. Rouen, Lemonnyer, 1878, in-8, demi chag. viol. tête dor. n. rog.     15 fr.

Figures de Prudhon ; on a ajouté quelques eaux-fortes de Boilvin.

**2517. Lorédan Larchey.** Les cahiers du Capitaine Coignet, 1776-1850, publiés d'après le manuscrit original. Paris, Hachette, 1888, in-4, demi-mar. lavall. avec coins, tête dor., n. rog.     30 fr.

Illustrations par J. Le Blant.

**2518. Lorenzo Pezzi.** La Vigna del Signore, nella quale si dichiarano i Santissimi Sacramenti et si descrivono, il Paradiso, il Limbo, il Purgatorio e l'Inferno. In venetia, G. Porro, 1589, pet. in-4, vélin blanc.     10 fr.

Titre frontispice et 17 belles figures gravés. Joli encadrement du texte et des figures. Légères mouillures.

**2519. Lorrain** (Claude). Le Opere di Claudio Gellee Lorenese, incise all' aqua forte da L. Caruccioló. Roma, 1820, 2 vol. in-fol., cart. non rog.     50 fr.

Portrait et 200 planches en parfait état.

**2520. Loth** (Arthur). Saint Vincent de Paul et sa mission sociale. Introduction par Louis Veuillot. Paris, Dumoulin, 1880, gr. in-8 br.     14 fr.

Nombreuses illustrations.

**2521. Louvet de Couvray.** Les Amours du chevalier de Faublas. Paris, A. Tardieu, 1851, 4 vol. in-8 demi-veau vert.     35 fr.

Figures de Colin.

**2522. Lucas** (H.) Histoire naturelle des Lépidoptères exotiques. Famille première. Diurnes ou Papillons de jour. Paris. De Bure, 1845, in-8 demi-mar. bleu, tête dor., n. rog.   25 fr.

80 planches coloriées, montées sur onglets.

**2523. Luciani Samosatensis** opera, græce et latine. cum varietate lectionis et annotationibus. Biponti, 1789, 10 vol. in-8, demi-maroq. violet avec coins.     25 fr.

**2524. Lud. Caelli Rhodigni.** Lectionum antiquarum libri (sexdecim). Venetiis, in adibus Aldi et Andreæ Socer mense februario MDXVI, in-fol. v. marb.     20 fr.

Cette édition est dédiée par l'auteur au célèbre bibliophile J. Grolier.

**2525. Lurine** (Louis) et Alph. **Brot.** Les Couvents. Paris, Mallet, 1846, gr. in-8, demi-chag. viol. tête dor. n. rog.     12 fr.

Nombreuses gravures sur acier hors texte.

**2526. Machaut** (Guillaume de). Le Livre du Voir-Dit, où sont contées les amours de messire Guillaume de Machaut et de Péronnelle Dame d'Armentières avec les lettres et les réponses, les ballades, lais et rondeaux dudit Guillaume et de ladite Peronnelle, publié sur trois manuscrits du XIVe siècle par la Société des Bibliophilés françois. Paris, pour la Socié é des Bibliophiles françois (imprimerie Lahure), 1875, in-8, papier vergé, titre r. et n., vign., br. n. c., couv.     12 fr.

**2527. Magnin** (Ch.) Causeries et Méditations historiques et littéraires Paris, Duprat, 1843. 2 vol. in-8, demi-mar. vert. tête dor., n. rog. dos orné (Koehler).     8 fr.

**2528. Mailly** (Maison de). Extrait de la Généalogie de la Maison de Mailly suivi de l'histoire de la Branche des comtes de Mailly marquis d'Haucourt et de celles des marquis du Quesnoy, dressé sur les titres originaux sous les yeux de M. de Clairambau, généalogiste des ordres du Roy et pour l'Histoire par M***. Paris, de l'imprimerie de Ballard. 1757, in 4, veau écaille, tr. rouges, dos orne, (rel. ancienne.)     100 fr.

Exemplaire en grand papier. Nombreuses planches de blasons. Très rare.

**2529. Maistre** (Xavier de). OEuvres Xavier de Maistre. Paris, 1825, 3 vol. in-18, demi-rel. veau.     6 fr.

**2530. Malfilatre.** Narcisse dans l'isle de Vénus, poème en quatre chants. Paris. chez Maradan. S. D., in-8, demi-rel. toile.     7 fr.

1 Titre et 4 fig. par Saint-Aubin.

**2531. Malherbe** (François). Les œuvres. Paris, Guignard, 1659, in-12 veau.     3 fr.

**2532. Manesson-Mallet.** La géomé-

trie pratique divisée en qua're livres. Ouvrage enrichi de cinq cens planches gravées en taille-douce. Paris, Anisson, 1702, 4 vol. in-8, veau anc.     75 fr.

Cet ouvrage contient 355 vues de Paris et des châteaux de France. Ces vues sont souvent les seules qui nous aient été conservées de beaucoup de monuments de Paris et pour cette raison, l'ouvrage de Mallet est très recherché. Bel exemplaire.

**2533. Marche** (La) Royale de Leurs Majestez depuis le château de Vincennes jusqu'au Throsnes, et du Throsne jusqu'au Louvre le jour de leur magnifique Entree en leur bonne Ville de Paris. Paris, Loyson, 1660, in-4, mar. rouge, dos et coins fleurdelysés, armes, tr. dor. (Petit). 45 fr.

Exemplaire très grand de marge.

**2534. Marot** (Clément). Les OEuvres de Clément Marot, revues et augmentées de nouveau. A la Haye. chez Moetjens, 1700, 2 tomes en 1 vol, in-18, vélin.     30 fr.

Bel exemplaire de la bonne édition.

**2535. Marottes** à vendre ou triboulet tabletier, dont la gibecière, après avoir été égarée pendant plusieurs siècles, nous est enfin heureusement parvenue, munie d'un rare assemblage de hochets, breloques. colifichels et babioles de toutes espèces, etc. Au Parnasse burlesque, (Londres, 1812), in-12 cart., n. rog. 8 fr.

Recueil renfermant des extraits d'ouvrages rares en vers et en prose.

**2536. Martyrologe littéraire** ou dictionnaire critique de sept cents auteurs vivants par un hermite qui n'est pas mort. Paris, 1816, in-8, demi-rel. mar. rouge, coins, tête dor. non rog.     6 fr.

Très rare.

**2537. Marucchi.** O. Difesa del pontificato di S. Damaso. Roma, 1883, gr. in-8 de 53 pp. — Di una pregevole ed inedita iscrizione cristiana. Roma, 1883, gr. in-8, demi-rel. chag. rouge.     2 fr.

**2538. Maucroix.** OEuvres diverses, publiées par Louis Paris, sur le manuscrit de la bibliothèque de Reims. Paris, 1854, 2 vol. in-12 br.     4 fr.

**2539. Maz** (Georges). Le Sarsifi pétafsiné. lyonnaiserie en deux actes. Lyon. Bernoux et Cumin, 1886, in-8, demi-mar. rouge avec coins, tête dor., n. rog., couv. (Bretault). 7 fr.

Frontispice gravé à l'eau-forte. N'a

**Et de Livres anciens et modernes**

été tiré qu'à 100 ex. dont 50 seulement mis dans le commerce.

**2540. Mémoires de Constant**, premier valet de chambre de l'empereur, sur la vie privée de Napoléon, sa famille et sa cour. Paris, Ladvocat, 1830, 4 vol. in-8, demi-rel., bas. 25 fr.

**2541. Mémoires** du Duc de Rovigo, pour servir à l'histoire de l'empereur Napoléon. Paris. Bossange, 1828, 8 vol. in 8, demi-rel. 40 fr.

**2542 Mémoires** du Duc de Raguse, de 1792 à 1832, imprimés sur le manuscrit original de l'auteur. Paris, Perrotin, 1857, 9 vol. in-8, demi-rel. veau vert. 35 fr.

Portraits et quatre fac-simile d'autographe.

**2543. Ménard** (René). L'Art en Alsace-Lorraine. Librairie de l'Art, 1876, in-4, cart. de l'éditeur, tr. dor. 18 fr.

Nombreuses figures et eaux-fortes.

**2544. Mercier.** Les entretiens du jardin des Thuileries de Paris. Paris, chez Buisson, 1788, in-8, bas. marbr. 15 fr.

Volume rare.

**2545. Mercier** (Louis-Sébastien). L'an deux mille quatre quarante. Rêve s'il en fut jamais ; suivi de l'homme de fer, songe. Paris, an VII, 3 vol., in-8, demi-veau. 5 fr.

Portrait et 3 jolies figures de Tardieu l'aîné et Bovinet.

**2546. Mérimée** (Prosper). Carmen. Illustrations de Arcos, gravées par A. Nargeot. Paris, Calmann-Lévy, 1886, pet. in-8, mar. bleu, fil. sur les plats, dent. int., tr. dor., dos orné, couv. (Ruban.) 320 fr.

Un des 225 exemplaires tirés sur papier vélin du Marais avec les figures en trois états dont l'eau-forte pure.

**2547. Merlin Coccaie.** Opus Merlini Coccaii poeta Mantuani macaronicorum. Venetiis, 1613, in-12, veau, fil. 10 fr.

Edition rare avec jolies petites figures sur bois à mi-pages ; les quatre ou cinq premiers feuillets ont les marges atteintes d'humidité.

**2548. Monteil** (Alex.) Traité des matériaux manuscrits de divers genre d'histoire. Paris, 1835, 2 tomes en 1 vol. in-8, vélin blanc à recouvr., tr. rouge. 8 fr.

Livre rare dans une belle condition , une petite mouillure au 2e volume.

**2549. Montesquieu.** Le Temple de Gnide, nouvelle édition avec figures gravées par Le Mire. Paris, chez Le Mire, 1772, gr. in-8 veau marb., fil., dos orné, tr. dor. 250 fr.

1 titre gravé, 1 front. renfermant le portrait de Montesquieu en médaillon et 9 figures d'Eisen gravées par Le Mire.

**2550. Montet** (J.) Contes patriotiques. Paris, Marpon et Flammarion, 1885, in-8, fig., demi-rel. mar. lavall. n. rog. 4 fr.

Nombreuses illustrations.

**2551. Morgan** (Lady). Mémoires sur la vie et le siècle de Salvator Rosa. Paris, Eymery, 1824, 2 tomes en 1 vol. in-8, demi-veau fauve, tête peig., n. rog., port. 6 fr.

**2552. Mornay** (Ph. de). De la vérité de la religion chrestienne contre les Athées, Epicuriens, Payens, Juifs, Mahométans et autres infidèles. Anvers, Christofle Plantin, 1582, in-8, vélin blanc à recouvr. 50 fr.

**2553. Mouton** (Eug.). Zoologie Morale, Paris, Charpentier, 1881, pet. in-4. br. 6 fr.

Frontispice à l'eau-forte. Très rare.

**2554. Murat** (Ctesse de). Le Comte de Dunois. Paris, Claude Barbin, 1671, in-12, demi-maroq. bleu avec coins tête dor., n. rogné. (Petit Simier). 4 fr.

Quelques raccommodages.

**2555. Musée de Tzarskoé Selo**, ou Collection d'armes de Sa Majesté l'Empereur de toutes les Russies. Ouvrage composé de 180 planches lithographiées par Asselineau, avec une introduction historique par F. Gille. Saint-Pétersbourg et Carlsruhe, 1835-1853, 2 vol. gr. in-fol., demi-rel. mar. rouge, non rognés. 350 fr.

Bel exemplaire. Quelques taches de rousseur dans le papier comme dans tous les exemplaires.

**2556. Musset.** (Paul de). Jean le Trouveur. Paris de Potter, s. d., 3 vol. in-8, brochés. 10 fr.

Edition originale, avec couverture imprimée ; rare en cet état.

**2557. Nabat** (De). L'Argus des haras et des remontes, journal de la réforme des abus dans l'intérêt des éleveurs de chevaux, de la cavalerie et de l'agriculture. Paris, 1841-1848, 7 vol. in-8, demi-rel. veau fauve. 40 fr.

Nombreuses figures.

**2558. Narrey** (Ch.). Ce que l'on dit pendant une Contredanse. Paris, Dentu, 1873, pet. in-8, demi-veau fauve, tr. jasp., couv. 4 fr.

**Achat de Bibliothèques**

Dessins de Darjou, J. Masse, Th. Poil-pot. Envoi autographe de l'auteur.

**2559. Nodier** (Ch.) Journal de l'expé-dition des Portes de Fer rédigé par Ch. Nodier. Paris, Imp. royale, 1844, gr. in-8, fig., cart., n. rog.    450 fr.

Superbe livre illustré de figures hors texte sur papier de Chine, avant la let-tre et de nombreuses vignettes dans le texte d'après Raffet, Decamps, Dauzat. Bel exemplaire.

**2560. Nomand** (Fils). Paris moderne, ou choix de maisons construites dans les nouveaux quartiers de la capitale et dans ses environs, levées, dessinées, gravées et publiées par Normand, fils. Paris, Bance, 1837, in-4, br.    8 fr.

139 planches.

**2561. Notice** sur deux anciens ro-mans intitulés : Les Chroniques de Gargantua : où l'on examine les rap-ports qui existent entre ces deux ouvrages et le Gargantua de Rabelais. et si la première de ces chroniques n'est pas aussi de l'auteur de Panta-gruel. Paris, Silvestre, 1834, gr. in-8, demi-chag. viol. avec coins n rog.    12 fr.

Réimpression faite en caractères go-thiques. Un des 3 exemplaires sur pa-pier de chine.

**2562. Notice sur Rivarol.** Paris, Impr. de H. Fournier. 1829, in-8, demi-rel. veau vert, dos orné.   2 fr.

**2563. Noulet** (le Dr). Las Nom pareil-has receptas per far las femmas, risontas, plasentas, polidas et bellas, et mais per las placantar et caminar honestamen et per compas, publiées avec une introduction, des notes et un glossaire. Paris, Maisonneuve. 1880 in-8 br.    3 fr.

**2564. Nouveau** (le) **Testament** de Nostre-Seigneur Jésus-Christ traduit en français, selon l'édition vulgate, avec les différences du grec (par Ar-nauld, Sacy et Nicole). A Mons, chez Gaspard Migeot, 1677, in-4, mar. rouge, fil., tr. dor. (rel. anc.)   35 fr.

Frontispice gravé. Bel exemplaire.

**2565. Oppenord** (Gille-Marie), direc-teur général des bâtiments de S. A. R. Mgr le duc d'Orléans. Son œuvre, contenant différents fragments d'ar-chitecture et d'ornements à l'usage des bâtiments, etc. Paris, Huquier, s. d., in-fol., demi-rel. mar. rouge.    1300 fr.

Titre, portrait, dédicace. 117 planches en 80 feuilles gravées par Huquier.

**2566. Ordonnances** (Les) de l'Ordre de la Thoyson d'Or. Paris, Imp. de Chr. Plantin, vers 1566, in-4, veau marb.    250 fr.

Un des rares exemplaires imprimé sur peau de vélin.

**2567. Ovide**. — Pub. Ovidii Nasonis Metamorphoseon libri XV. In singu-las quasque fabulas argumenta ex postfema Jacobi Micyli recognitione. Francoforti ad Mœnum, apud Christ. Corvinum, 1582, in 8, fig. sur bois, peau de truie estampée, ais de bois, fermoir.    40 fr.

Les jolies figures à mi-page qui or-nent cette édition sont de Virgile Solis. Taches.

**2568. Palladio** (And.). I cinque or-dini di architettura. Venezia, 1784, in-4 cart.    10 fr.

23 planches.

**2569. Paradoxes**, ce sont propos con-tre la commune opinion : debatuz, en forme de déclamations forèses : pour exciter les ieunes esprits, en causes difficiles. Reveuz et corrigez pour la seconde fois. A Paris, par Charles Estienne, imprimeur du Roy, 1553. — Paradoxe que le plai-der est chose tres utile, et necessaire à la vie des hommes. A Paris, par Charles Estienne, imprimeur du Roy, 1554. — Ensemble 2 ouvrages en 1 vol. pet. in-8, mar. r. jans. dent. int. tr. dor. (Trautz - Bauzonnet).    80 fr.

Seconde édition sous cette date de la traduction par Ch. Estienne de 25 des « Paradossi » d'Ortensio Landi. Le se-cond ouvrage qui est de la composition de Ch. Estienne est un opuscule de 16 pp. extremement rare. Bel exemplaire avec témoins prove-nant de la bibliothèque Firmin-Didot.

**2570. Paris** à travers les âges. Aspects successifs des monuments et quar-tiers historiques de Paris, depuis le xiiie siècle jusqu'à nos jours. Paris, Firmin-Didot, 1878-1882, 2 vol. in-fol., texte encadré, fig. sur bois, pl. en chromolithogr. et plans, chag. rouge, dos orné, fil., comp. en relief.

Exemplaire au chiffre du duc de Lavello.

**2571. Passerat.** Joannis Passerat élo-quentiae professoris et interpretis regii, Lutetiae apud viduam Mamerti Patissoni 1603 79 ff. port. — Le pre-mier livre des poèmes de Jean Pas-serat. Paris. Mamert, Patisson 1602, 44 ff. Ens. 2 parties en 1 vol. in 12, vélin blanc.    12 fr.

**2572. Le Petit Citateur.** Notes éro-tiques. Recueil de notes et d'expres-sions anciennes et modernes sur les choses de l'amour, etc. par Jules Choux, 1 vol. in-18, pap. vergé.      20 fr.

2573, **Pio Arcangeli**. Della interpretatione del monogramma. Roma. 1879, in-8. 53 pp. demi-rel. chag-rouge.      2 fr.

2574. **Prévost** (l'abbé). Histoire de Manon Lescaut et du chevalier Dés Grieux, Paris. Charpentier, 1881 in-32, mar. violet, jans. tête dor. n. rog.      6 fr.

> Eaux-fortes par Le Nain.

2575. **Prisse** (E.) The Oriental Album London. 1846. Vues de Blacherne Melnitza, domaine de M. le prince Serge Galitzin. Paris, 1841. — Ens. 2 ouvrages en 1 vol. in-fol. pl. lithog. noires et teintées, demi-rel. chagr. r.      30 fr.

> Les planches sont montées sur on glets

2576. **Quévédo** (Dom Fr. de). Œuvres choisies, traduit de l'Espagnol en trois parties contenant : Le Fin-Matois. — Les lettres du chevalier de l'épargne. — La lettre sur les qualités d'un mariage. A La Haye et Paris, 1776, 3 part. en 1 vol. in-12, demi-chag. rouge,      7 fr.

2577. **Quitard** (P. M.). Dictionnaire etymologique, historique et anecdotique des Proverbes et des locutions proverbiales de la langue française. Paris. Bertrand, 1842, in-8. br.   5 fr.

> Quelques pages sont fortement mouillées.

2578. **Rabelais.** Les Cinq livres de F. Rabelais, publiés par P. Chéron et 11 eaux fortes par Boilvin. Paris, Jouaust, 1876, 5 vol in-8, mar. vert, dos orné, fil. dent. int., tête dor. n. rog. (Pouget).      180 fr.

> L'un des 170 exemplaires sur grand papier de Hollande.

2579. **Racine.** Œuvres complètes, revues avec soin sur toutes les éditions de ce poète avec des notes extraites des meilleurs commentateurs par Argus. Paris de Fortie 1826., in-8. demi-mar. vert avec coins tr. mar. dos orné texte à deux colonnes. 6 fr.

> Impression microscopique.

2580. **Raimondi.** Delle Caccie di Eugenio Raimondi Bresciano libri quattro : aggiuntovi'n questa nuova 'mpressione altre Caccie che sperse in altri livri andavano. S. l. n. d. Venise, 1630), in-4, titre-front., gr. cart. ital.. pl. sur cuivre. v. f. ant., dos orné, fil.      25 fr.

> Edition rare, dont la dédicace à Alvise Vallaressi est daté de Venise, 14 septembre 1630. Bel exemplaire.

2581. **Ramsay.** Histoire du vicomte de Turenne, maréchal général des armées du roy. Paris. Vve Mazières et J. B. Garnier, 1735, 2 vol. in-4, mar. rouge, fil., tr. dor. (Rel. anc.)      70 fr.

> Portrait gravé par de Larmessin, d'après Meissonnier, fig. dessinées par Bonnard, gravées par J. B. Scotin, cartes et vignettes.

2582. **Rapport** fait au nom de la commission d'enquête sur les actes du gouvernement de la défense nationale par M. de la Sicotière, Algérie, Versailles 1875, 2 vol. in-4. demi-rel. bas.      5 fr.

2583. **Raymond** (Michel). Le Puritain de Seine-et-Marne. Paris, H. Dupuy, 1832, in-8, demi-percal. n. rog., couv,      5 fr.

> Frontispice de Sainson sur papier bleu.

2584. **Recueil** des plaisants devis récités par les supports du seigneur de la Coquille. A Lyon, par L. Perrin, 1857, in-8, chag. plein.   5 fr.

2585. **Renne.** Recherches historiques généalogiques et bibliographiques sur les Elzeviers. Bruxelles, 1847, in-8, demi-chag. viol.      4 fr.

> Portrait et planche donnant la signature de la famille des Elzevier.

— Le même, br.      3 fr.

2586. **Renouvier** (Jules). Des gravures sur bois dans les livres de Simon Vostre, libraire d'heures. Paris, Aubry, 1862, in-8, br. (23 pp.). 3 fr.

2587. **Retz.** Mémoires du Cardinal de Retz, de Guy Joli, et de la duchesse de Nemours. Paris, E. Ledoux, 1820, 6 vol. in-8, cart., port.      20 fr.

2588. **Revue britannique** ou choix d'articles traduits des meilleurs écrits périodiques. Paris, au bureau du journal, de 1833 à 1852. Ens. 81 vol. in-8, demi-rel. veau (rel. n'est pas uniforme).      70 fr.

> Manque l'année 1849.

2589. **Revue** des livres nouveaux, contenant l'analyse de tous les ouvrages importants parus dans la quinzaine et suivie d'une nomenclature des nouveautés venant de paraître. Paris, 1880 à 1887 inclus, 14 vol. gr. in 8, demi-percal. gren., n. rog.      30 fr.

2590. **Revue illustrée** (La). Publication mensuelle. Paris, Baschet, de

**Achat de Bibliothèques**

l'origine. 15 décembre 1885 à fin 1889, 97 livraisons in-4, avec couvertures coloriées. **70 fr.**

**2591. Roberston.** L'Histoire du Regne de l'Empereur Charles-Quint. Précédé d'un tableau des Progrès de la Société en Europe, depuis la destruction de l'empire Romain jusqu'au commencement du seizième siécle. Par M. Roberston, ouvrage traduit de l'Anglois (par Suard). A Amstsrdam ; et se trouve à Paris, chez Saillant et Nyon, 1771, 2 vol. in-4, mar. rouge, fil., dos ornés, tr. dor. (Rel. anc.). **50 fr.**

**2592. Robert-Houdin.** Confidences et révélations. Comment on devient sorcier. Paris, 1868, gr. in-8 br. **4 fr.**

Publié à 10 fr.

**2593. Roger.** OEuvres diverses de M. Roger, de l'Académie française, publiées par M. Ch. Nodier Paris, Fournier, 1835, 2 vol. in-8, demi-veau fauve. (Capé). **5 fr.**

**2594. Rohaut de Fleury.** Les monuments de Pise au moyen-âge. Paris, Morel, 1866, gr. in-8, (fig.), demi-rel. mar. brun. **7 fr.**

Texte.

**2595. Roland** (M^me). Mémoires, avec une notice sur sa vie par MM. Berville et Barrière. Paris, Baudouin, 1820, 2 vol. in 8 cart. **8 fr.**

**2596. Roland** (George). An Introductory course of feneing. Edinburgh, s. d., (1855) gr. in-8, percal. **6 fr.**

5 planches.

**2597. Romans de Parise** (Li). La Duchesse, publié pour la première fois d'après le manuscrit unique de la bibliothèque royale, par G. F de Martonne. Paris, Techener, 1836, in-8 br. **6 fr.**

De la collection des Romans des douze pairs, formant le tome IV.

**2598. Rome** dans sa grandeur. Vues, monuments anciens et modernes, description, histoire, institution. Paris, Charpentier, 1870, 3 vol. in-fol., fig., demi-chag. vert, pl. toile. **70 fr.**

Nombreuses lithographies.

**2599. Rome** pendant la Semaine Sainte. Paris, Boussod Valadon, s. d., in-fol., fig., br. **15 fr.**

Nombreuses figures dessinées par Paul Renouard.

**2600. Rosini** (Jean). Antiquitatum Romanarum corpus absolutissimum, cum notis Thomæ Dempsteri. Amstelodamy, 1743, in-4 vélin, fil., orn. sur plats. **12 fr.**

Frontispice et figures gravées, belle condition.

**2601. Rossignol.** Les Métaux dans l'antiquité, origines religieuses de la métallurgie ou les dieux de la Samothrace représentés comme métallurges d'après l'histoire et la géographie. Paris, Aug. Durand, 1863, in-8 br. **1 fr. 50**

**2602. Roswag.** Les métaux précieux, considérés au point de vue économique. Paris, 1865, in-4 br. **10 fr.**

Ex. papier de Hollande. orné de 28 gravures dans le texte, de 16 planches coloriées et d'une carte de la production de la circulation et de l'absorption des métaux précieux.

**2603. Roujoux** et Alfred **Maniguet.** Histoire d'Angleterre, depuis les temps les plus reculés jusqu'à nos jours Nouvelle édition augmentée de plus d'un tiers. Paris, Hingray et Furne, 1847, 2 vol. gr. in 8, demi-mar. lavall., plats toile, n. rog. **25 fr.**

Figures dans le texte et hors texte, piqué, comme tous les exemplaires.

**2604. Roumanille** (J.). Lis Entarro-Chin, galejado boulegarello (emé traducioum franceco vis à vis), illustrado de 16 estampo pèr Charle Coumbe. Avignon, J. Roumanille, 1874, in-8, fig., br. **3 fr.**

Pamphlet en patois, avec traduction en regard, contre les enterrements civils.

**2605. Rousier des Dames** (Le) sive le Pelerin damours, nouellemèt composé par messire Bertrand Desmarins de Masan. Paris, Crapelet, 1852, in-16, fig. sur bois, pap. de Hollande, chag. bleu, fil., n. rog. **7 fr.**

Exemplaire sur papier de Chine.

**2606. Rousseau.** OEuvres diverses du sieur R***. Soleure 1712, in-12, veau. **3 fr.**

Edition originale des œuvres de J.-B. Rousseau.

**2607. Rousseau.** Dissertation sur la musique moderne. Paris, 1743, in-8, veau. **3 fr.**

**2608. Rousseau** (J.-J.). Le Devin du Village, intermède représenté à Fontainebleau devant leurs Majestés le 18 et le 24 octobre 1752 et à l'Académie royale de Musique le 1er mars 1753, réduit pour le piano par Louis Maresse. Paris, s. d., gr. in-8, demi-veau fauve, tr. jasp. **3 fr.**

**2609. Rousseau** (J.-B.). Contes inédits. Bruxelles, 1881, in-8 br. **3 fr.**

Frontispice gravé.

**Et de Livres anciens et modernes.**

**2610. Rousset.** Mémoires sur le rang et la préséance entre les souverains de l'Europe et entre leurs ministres représentans suivant leur différens caractères, pour servir de supplément à l'ambassadeur et ses fonctions par M. de Wicquefort. Amsterdam, François l'Honoré, 1746, in-4, vélin blanc, n. rog.     9 fr.

**2611. Rouvet** (Massillon). Réponse à deux membres de la Société nivernaise sur leurs critiques du livre. La commune de Nevers. Nevers, 1882, gr. in-8, demi-rel. chag. rouge. 1 fr.

**2612. Rouyer** et **Darcel.** L'art architectural en France, depuis François 1er jusqu'à Louis XIV. Motifs de décoration intérieure et extérieure, dessinés d'après des modèles exécutés et inédits..., par Eugène Rouyer, texte par Alfred Darcel. Paris, 1863, 2 vol. in-4, 200 pl. gravées, demi-rel.     90 fr.

**2613. Rutebeuf.** OEuvres complètes de Rutebeuf, trouvère du xiiie siècle, recueillies et mises au jour pour la première fois par A. Jubinal. Paris, Pannier, 1839, 2 vol. in-8 br. 18 fr.

**2614. Sabatier** (d'Orléans). Recherches historiques sur la Faculté de médecine de Paris, depuis son origine jusqu'à nos jours. Paris, Baillière, 1837, in-8, demi-veau fauve, tr. jasp.     5 fr.

**2615. Sabbatier.** Recueil de planches, pour le dictionnaire de l'intelligence des auteurs classiques grecs et latins. Paris, Delalain, 1773, in-8, cart.     25 fr.

198 planches gravées.

**2616. Saint-Albin.** Tablettes d'un rimeur. Paris, Maillet, 1869, in-12 br.     3 fr.

**2617. Saint-Arroman** (Raoul de). La Gravure à l'eau-forte, essai historique. — Comment je devins graveur à l'eau-forte, par le comte Lepic. Paris, veuve Cadart, 1876, in 8, demi-percal., tête dor., n. rog.     6 fr.

Portrait gravé à l'eau-forte. Envoi autographe du comte Lepic.

**2618. Saint-Evremond.** OEuvres choisies, publiées avec une notice et des notes par M. de Lescure. Paris, Jouaust, 1881, in-12, demi-mar. vert avec coins, tête dor., n. rog.     8 fr.

Portrait gravé à l'eau-forte.

**2619. Saint-Genis** (Victor de). Inventaire des archives municipales de Chatellerault antérieures à 1790. Chatellerault, 1877, gr. in-8 br. 4 fr.

**2620. Saintine** (X.-B.). Le Mutilé. Paris, Hachette, 1857, in-12 br. couv.     2 fr.

1re édition.

**2621. Saint-Lambert.** Les Saisons, poème. Paris, Janet et Cotelle, 1823, in-8, demi-veau fauve, tr. marb.     3 fr.

Une figure de Desenne.

**2622. Saint-Pavin.** Recueil complet des poésies, comprenant toutes les pièces jusqu'à présent connues et un plus grand nombre de pièces inédites. Paris, Techener, 1861. in-8, demi-chag. brun, tête dor., n. rog.     3 fr.

**2623. Saint-Priest** (le Cte de). Histoire de la Royauté, considérée dans ses origines, jusqu'à la formation des principales monarchies de l'Europe. Paris, Delloye, 1842, 2 vol. in-8, demi-veau fauve, tr. peig. (Bauzonnet-Trautz).     12 fr.

Bel exemplaire.

**2624. Saint-Réal** (Abbé). OEuvres. Nouvelle édition augmentée d'un vol. et enrichie de figures en taille-douce et de vignettes. Amsterdam, Fr. L'Honoré, 1740. 6 vol. in-12, mar. citron, dos orné, filets, dent., tr. dor. (Reliure ancienne.)     50 fr.

Jolie édition fort recherchée en condition ancienne.

**2625. Saint-Rémy.** Les Bons Conseils, comédie en un acte. Paris, Lévy, 1862, in-8, br. couv.     3 fr.

1ere édition.

**2626. Saint-Victor** (Paul de). Les deux masques, tragédie - comédie, première série. — Les Antiques, 1 Eschyle. — Paris, Lévy, 1880, in-8 br.     3 fr. 50

Publiée à 7 fr. 50.

**2627. Sainte-Aulaire** (Le Cte de). Histoire de la Fronde. Paris, Baudoin, 1827, 3 vol. in-8, demi-veau.     7 fr.

**2628. Salvador.** Histoire des institutions de Moïse et du peuple hébreu. Paris, Ponthieu, 1828, 3 vol. in-8, demi-rel. v. fauve, non rognés. 12 fr.

Bel exemplaire.

**2629. Sand** (George). La Marquise. Illustrations de Baugnies gravées par Courboin. Paris, Calmann-Lévy, 1888, pet. in-8, demi-rel. mar. bleu avec coins, n. rog., couv.     180 fr.

Un des 225 exemplaires tirés sur papier vélin du Marais avec les figures en trois états dont l'eau-forte pure.

**Achat de Bibliothèques**

**2630. Sand** (George). François le Champi. Paris, Calmann-Lévy, 1888, in 8, demi-rel. mar. vert., tête dor., n. rog., couv.                    12 fr.

Nombreuses figures noires et coloriées de E. Burnan.

**2631. Sandeau** (Jules). Un début dans la magistrature, 1 port. et 12 vign. de Baugnies gravées par Deville. Paris, Calmann-Lévy, 1887, pet. in-8 demi-rel. mar. lavall. avec coins, n. rog., couv.                    120 fr.

Un des 225 exemplaires sur papier vélin du Marais avec les figures en trois états dont l'eau-forte pure. (Nº 22).

**2632. Sarot** (Emile). Le Schisme de Goa dans l'Inde. Paris, Leroux, 1884, in-8 br.                    2 fr. 50

**2633. Savot** (Louis). Discours sur les médailles antiques, divisé en 4 parties. Esquelles il est traicté si les médalles antiques estoient monnoyes, de leur matière ; de leur poids ; de leur prix ; de la valeur qu'elles peuvent avoir aujourd'huy, selon qu'elles sont rares ou communes. Paris, Séb. Cramoisy, 1627, in-4 vélin.                    5 fr.

Mouillures.

**2634. Scarron**. Œuvres, nouvelle édition revue, corrigée et augmentée de l'histoire de sa vie et ses ouvrages, d'un discours sur le style burlesque et de quantité de pièces omises dans les éditions précédentes. Amsterdam, J. Wetstein. 1752, 7 vol. pet. in-12, portrait et frontispices gravés par Folkema, maroq. rouge janséniste, dent. tr. dor. (Hardy).                    140 fr.

Bel exemplaire.

**2635. Schleicher**. Les langues de l'Europe moderne, trad. de l'allemand par Ewerbeck. Paris, 1852, in-8 demi-rel. mar.                    2 fr.

**2636. Schouvaloff** (Le P.). Ma Conversion et ma Vocation. Paris, 1859, in-8 br.                    3 fr.

**2637. Schrader**. Atlas de géographie moderne. Paris, Hachette, 1891, in-fol., demi-rel. toile.                    20 fr.

64 cartes coloriées et montées sur onglets.

**2638. Scribani** (Caroli). E Societate Jesu Antuerpiæ. Antuerpiæ, J. Moretum, 1610, 2 parties en 1 vol. in-4, vélin blanc à recouvrements.                    10 fr.

Figures gravées.

**2639. Semelion**. Histoire véritable. Imprimé à Constantinople cette année présente, s. d., 2 part. en 1 vol. in-18, demi-mar. lavall.                    3 fr.

**2640. Senecæ**. L. M. Annæi Senecæ, tragœdiæ. Cum notis Th. Farnabii. Amsterdam, Apud Joh. Blaeu, 1645, pet. in-12 vélin blanc à recouvrements.                    5 fr.

Très beau titre-frontispice gravé.

**2641. Serlio**. (Séb.). Libro extraordinario de Sébastiano Serlio. In Venetia, 1666, in-4, demi-rel.                    25 fr.

Nombreuses figures sur bois.

**2642. Serlio** (Seb.). Il quarto libro di Sébastian Serlio. In Vicenza per Giacomo de Franceschi, 1618, in-fol. vélin blanc.                    40 fr.

Nombreuses fig. sur bois.

**2643. Sermon** joyeulx dung fiancé qui emprunte ung pain sur la journée à rabattre, sur le temps advenir. Paris, s. d., in-12 de 13 pp. demi-mar. rouge avec coins tête dor. n. rog.                    5 fr.

Réimpression faite à petit nombre.

**2644. Sermon** pour la consolation des Cocus, prononcé au sujet de A*** B*** cocu par arrest. A Rouane, chez Dominique Vendu, 1833, pet. in-12, cart. bradel, percal. orange n. rog., fig. (Pierson).                    3 fr.

**2645. Sermones** | quadragesimales reve | rendi fratriis F. Michaelis Menoti, sacre | theologio quondam professoris Po | risiensis, ab ipso olim Parisiis de | clamati, nunc denuo et diligen | tissime castigati et novis | legum atque cano | num addita | mentis locupletati, Parisiis, veneunt in ædibus Joannis Petit, 1536, in-8 goth. à 2 col., mar. La Vall., comp. et ornements à fr., tr. dor. (Amand.)                    50 fr.

16 ff. prélim. et 224 ff. Marque de Jehan Petit au verso du dernier.
Notes manuscrites de l'époque au recto et au verso du titre.

**2646. Sermons** du père Gavazzi, chapelain de Garibaldi, suivis de l'ouverture des Chambres à Gaëte et du départ de la police pièces macaroniques, traduits de l'Italien par F. Normand, précédés d'une notice sur le père Gavazzi. Paris, Poulet-Malassis, 1861, in-12 cart., éb.                    2 fr.

— Le même broché.                    1 fr. 30

**2647. Serre** (De la). La Clytie de la cour. Paris, Guillaume Loyson, 1640, pet. in-8, demi-maroq. bleu avec coins, tête dor.. ébarbé. (Petit-Simier).                    10 fr.

Ouvrage rare ; titre gravé.

**2648. Shakespeare** William). Paris, Lacroix, 1864, in-8 br.                    3 fr.

**Et de Livres anciens et modernes**

**2649. Shavv** (le D^r). Voyage dans la régence d'Alger, ou description géographique, physique, philologique, etc., de cet état. Paris, Marlin, 1830, in-8, demi-veau vert, carte.    4 fr,

**2650. Siège de Paris illustré** 1870-1871, avec commentaires, détail historiques et documents officiels par un officier d'état-major, avec la collaboration de nos meilleurs écrivains. Le Siège Prussien. Paris, Bibliothèque libérale, gr. in-8, fig. demi-rel. chag. rouge.    5 fr.

**2651. Sigaud de Lafont.** Dictionnaire des merveilles de la nature. Paris, 1781, 2 vol. in-8 veau.    3 fr.

**2652. Simoes** (A. Ph.) Dar architectura, religiosa em coimbra durante a cdade media. Coimbra, 1875, in-8, demi-rel. chag. rouge.    2 fr.

**2653. Sismondi.** Histoire des français. Paris, Treuttel et Wurtz, 1831, 31 vol. in-8, demi-rel.    50 fr.

**2654. Smyth** (Coke). Souvenir of the bal costumé, given by queen Victoria at Buckingham Palace, may 12, 1843, the drawings from the original dresses by Coke Smyth : the descriptive letter press by J. R. Planché. London, 1843, in-fol. impér., demi-rel. chag. r.    140 fr.

52 pl. exécutées en or et en couleurs.

**2655. Société** d'aquarellistes français. Paris, Jouaust, 1879-1884, 6 livraisons gr. in-8, papier de Hollande, figures.    40 fr.

Epuisé.

**2656. Solleysel** (de). Le Parfait mareschal qui enseigne à connaistre la beauté, la bonté et les défauts des chevaux. La Haye, 1691, 2 tomes en 1 vol. in-4, veau, figures.    10 fr.

**2657. Solvay** (Lucien). Au Pays des Orangers. Bruxelles, Kistemaeckers, 1882, in-8 br., papier teinté. 3 fr.

Illustrations de F. Stroobant et de César Dell'acqua.

**2658. Sonnets** et eaux-fortes. Paris. Lemerre, 1869, in-4 demi-mar. lavall. avec coins, tête dor., n. rog., dos orné.    100 fr.

42 magnifiques eaux-fortes. Devenu très rare.

**2659. Soulié.** Le château des Pyrénées, roman. Paris, s. d., in-8, demi-chag. rouge.    3 fr.

**2660. Spallart** (Robert de). Tableau historique des costumes, des mœurs et des usages des principaux peuples de l'antiquité et du moyen âge (trad. de l'allemand par L. de Jaubert et M. Breton). Paris, Renouard, 1804-1809, 7 vol. in 8, fig. et 2 atlas in-fol. obl., v. marb., tr. jasp.    90 fr.

Exemplaire avec les figures coloriées. Les 2 vol. d'atlas en demi-rel.

**2661. Speroni.** Dialoghi di M. Speron Speroni, nuouamente ristampati, et con molta dilligenza riueduti, et corretti. In Venegia, Aldus, 1546, in-12 veau.    10 fr.

Avec la marque des Alde.

**2662. Staël-Holstein** (Mme la baronne de). Lettres sur les ouvrages et le caractère de J.-J. Rousseau. — Réponse aux lettres sur J.-J. Rousseau. 1782. Lettre de M. Burke à un membre de l'assemblée nationale de France, 1811. — Ensemble 1 vol. in-8. veau.    2 fr.

**2663. Steenackers** (F.-F.) Histoire des ordres de chevalerie et des distinctions honorifiques en France. Paris. Lacroix, 1867, gr, in-8. br. 10 fr.

Envoi d'auteur. 3 planches coloriées

**2664. Stern.** Album contenant 272 armoiries et monogrammes gravés et en couleur montés sur 23 ff. bristol, cuir de Russie tr. dor. fermoirs en cuivre dans un étui.    40 fr.

**2665. Strutt.** (J.) The sports and pastimes of the people of england including the rural and domestic recreations may games. London Chatto, 1876, in-4. fig. et pl. hors texte cart.    25 fr.

Exemplaire sur grand papier vélin.

**2666. Suchet.** Mémoires du maréchal Suchet duc d'Albufera sur ses campagnes en Espagne, depuis 1808 jusqu'en 1814. Paris. A. Bossange, 1828, 2 vol. in-8. demi-rel. veau fauve dos orne, port.    15 fr.

**2667. Sutor's** (Jakob). Kunstliches fechtluch, zum Nuken der Soldaten, studenten und Turner : Stuttgart Scheible, 1849, pet. in-4° demi-veau fauve avec coins tête dor. n. rog.    15 fr.

Figures sur bois dans le texte Le Livre de Jacob Sutor's est un des plus estimés de l'escrime allemande, surtout au point de vue des gravures.

**2668. Svvift.** Les quatre voyages du capitaine Lemuel Gulliver, traduction de l'abbé Desfontaines, revue, complétée et précédée d'une notice par H. Reynald. Paris Jouaust, 1875, 4 vol. in-8. br.    40 fr.

Exemplaire sur papier de Hollande. Eaux-fortes de Lalauze.

**Achat de Biblipthéques**

2669. **Svvift**. Le grand mistère, ou
l'art de méditer sur la garde-robe.
La Haye, 1729, in-12, veau.     5 fr.

> On a relié dans le même volume les
> pensées hazardées sur les études, la
> grammaire, la Réthorique et la poéti-
> que par Lesage La Haye, 1729.

2670. **Svvift** (Dean) Gulliver's travels
into several remote régions of the
worlet. London, gr. in-8, demi-percal.                    4 fr.

> Illustrations par by E. Morten.

2671. **Symeon**. Le imprese di Gabriel
Symeoni. Lyon, 1559, in-4, demi-
maroq. bleu.            20 fr.

> Figures sur bois, raccommodage au
> titre.

2672. **Tabarin**. Recueil général des
œuvres et fantaisies de Tabarin, contenant ses rencontres, questions et
demandes facétieuses avec leurs res-
ponses. Avec les rencontres et fantaisies du baron de Gratelard. Rouen
Louys du Mesnil (Holl). 1664, pet.
in-12, mar. vert. fil. tr. dor. (Trautz-
Bauzonnet.)            180 fr.

> Joli exemplaire de l'édition qui s'an-
> nexe à la collection elzevirienne.
> Hauteur : 126 mill.

2673. **Tableau** (Le) des piperies des
femmes mondaines, ou par plusieurs
histoires se voyent les ruses ei arti-
fices dont elles se servent. A Colo-
gne, chez Pierre Marteau (Hollande
Elzévier), 1685, pet. in-12, mar.
rouge fil., dos orné, dent. intér., tr.
dor. (Trautz Bauzonnet.)    250 fr.

> Bel exemplaire d'un livre rare et cu-
> rieux.
> Vendu 370 fr. vente Behague.

2674. **Tableau** des mœurs françaises
aux temps de la Chevalerie tiré du
roman de sire Raoul et de la belle
Ermeline. Paris, 1825, 4 vol. in-8. br.
                        6 fr.

2675. **Tableaux** historiques des campagnes d'Italie. Suivis du précis des
opérations de l'armée d'Orient, des
détails sur les cérémonies du sacre
etc. Paris. Auber, 1806, in fol. cart.
                        40 fr.

> Planches gravées d'après C. Vernet.

2676. **Tableaux** de l'habillement, des
mœurs et des coutumes dans la Ré-
publique Batave au commencement
du xixe siècle. Amsterdam, 1803,
1 vol. in-4. cart. n. rog.    65 fr.

> 1 front. et 10 pl. gravées en taille-
> douce et supérieurement coloriés, cos-
> tumes et scènes de mœurs de la Hol-
> lande. Le texte est très intéressant par
> sa naïveté.

2677. **Tacite**. C. Corn. Tacitus ex re-
censioné justi lipsii nec non. 1. J.
Pontani. Amstelodami, 1629, in-18,
vélin blanc.            3 fr.

2678. **Transillo** (Luigi) H. Vendemi-
natore del signor Luigi Tramillo ;
stanze di cultura sopra gli orti delle
domac. Parigi, 1798, in-12, demi-veau
fig.                    4 fr.

2679. **Tasse**. La Jérusalem délivrée,
trad. en vers français, par Baour.
Lormian. Paris. Imp. de Didot le
jeune 1819, 3 vol. in-8, veau violet
dos ornés, fil. comp. tr. doré. 15 fr.

> Portrait et figures de Desenne et
> Bergeret, gravés par Fauquet.

2680. **Tasse**. L'Aminte du Tasse pas-
torale. Paris Cl. Barbin, 1666. in-12,
veau (rel. anc.)        25 fr.

> Figures de Cossinus, sur le dos de la
> reliure se trouve les lettres S. T. avec
> une couronne,

2681. **Tasse**. L'Aminte, drame pasto-
ral, traduction nouvelle par Em.
Chambert, Paris. Jouaust, 1879, in 8.
br.                    8 fr.

> Eau-forte de Lalauze.

2682. **Tasse** (Torquato). Le Hierusa-
lem délivrée, poême héroïque traduit
en vers françois par M. Le Clerc, A
Paris, chez Denis Thierry. 1667, in-4.
mar. rouge, fil. et dent. dos orné,
dent. intér., tr. dor. (David) 40 fr.

> 1 frontispice et 4 figures gravées.
> Belle édition.

2683. **Taylor et Nodier**. Voyages
pittorsques et romantiques dans
l'ancienne France. Bourgogne, Paris.
Didot, 1863, in-fol. demi-mar. chag.
rouge.                 120 fr.

> Le Bourgogne renferme environ 170
> planches, la plupart sur chine. Très
> bel exemplaire.

2684. **Taylor et Nodier**. Voyages
pittoresques et romantiques dans
l'ancienne France. — Picardie. — Paris. Didot, 1835, 3 vol. in-fol. demi-
chag. rouge            250 fr.

> La Picardie renferme environ 400
> planches la plupart sur chine. Chaque
> page de texte est tirée dans un encadre-
> ment historié.
> Très bel exemplaire.

2685. **Taylor** (le baron I.) L'Alham-
bra. Dessins et lithographies par Asselineau publié par A. F. Lemaître.
Paris, Didot, 1853, gr. in-fol. en
feuilles.                6 fr.

> 4 pages de texte et 11 planches.

2686. **Telegraphe litteraire**, ou le
correspondant de la librairie don-

nant l'indic tion méthodique et analytique des ouvrages de littérature française et étrangère, des estampes, œuvres de musique etc. 4 part. en 2 vol in 8 demi-rel.   5 fr.

**2687. Teniers.** Theatrum Pictorium Davidis, Teniers Antverpien-is pictoris, in quo exhibentur, ipsius manu delineatæ ejusque cura in as inéisæ picturæ quas Surus Archiduc in Pinacothecam suam Bruxellis collegit. Antverpiæ, apud H, C, Verdussen, 1658, in-fol., mar. rouge, fil. à la Du Seuil, dos orné, dent. intér., tr. dor. (Chambolle-Duru.)   400 fr.

Frontispice gravé et 245 planches, par Troyen, Boel, Vostermann et autres. Très belles épreuves.

**2688. Tenré.** Les états américains, leurs produits, leur commerce en vue de l'exposition universelle. Paris, 1867. In-8, demi-maroq. violet tête dor. n. rogné.   3 fr.

**2689. Terentii.** Pub. Terentii comædiœmme primum Italicis rersibus redditœ, cum personarum figuris ari accurate inénis ex Ms. Cod ice bibliothecœ Vaticanœ. Urbini H. Mainardi 1736, in-fol. veau, fil. tr. dor. dos orné figures.   20 fr.

**2690. Théologie** germanicque livret auquel est traicté comment il faut dépouiller le vieil homme et vestir le nouveau. Anvers de l'Imp. de Chr. Plantin. 1558, in-8. de 103 ff. De la simplicité de la vie chrestienne. Traduit en français par Paul Du Mont. A Douay chez J. Bagart, 1588, in 8. de 234 ff. Ensemble 2 parties en l vol., in-8. mar. rouge comp. de fil. sur les plats, dos orné tr. dor. (Rel. anc.)   60 fr.

**2691. Thucydides.** Histoire de la guerre du Peloponnèse, trad. de Ambroise Firmin Didot. Paris, 1868-1872, in-8. broché.   4 fr.

Tome 1er seul paru.

**2692. Timon.** Livre des Orateurs. Paris. Pagnerre, 1844, gr. in-8. demi-veau vert.   8 fr.

27 portraits gravés sur acier. Nombreuses figures.

**2693. Topchi.** A Travers l'Orient et l'Occident. Récit de 8 années de voyages. Saint-Pétersboug, 1888, in-8. br.   1 fr. 50

**2694. Triomphe (Le)** de l'Empereur Maximilien I, en une suite de cent trente-cinq planches gravées en bois d'après les desseins de Hans Burgmair, accompagnées de l'anciene description dictée par l'empereur à son secrétaire Marc Treitzsauawein. Imprimé à Vienne, chez Mathias André Schmidt, 1796, in-fol. oblong, fig. mar. brun jans., fil. intér., mors de mar., gardes de vélin, tr. dor. (Marius-Michel).   1.200 fr.

Superbe livre, monument de la gravure sur bois au commencement du xvi° siècle ; cette édition, publiée par Bartsch, a été tirée sur les bois originaux.

Avant cette édition l'on ne connaissait que 87 pièces de cette suite qui avaient été tirées au xvi° siècle à un très petit nombre d'exemplaires.

**2695. Urfé (d').** L'Astrée. Première et seconde parties, revues par l'autheur Paris, Olivier de Varennes, 1622, in-12, frontisp et portraits. — Troisième partie. Paris, Toussaint du Bray et veufve de Varennes, in-12, frontispice de D. Gaultier. — Quatrième partie. Paris, veufve de Varenne 1624, in-12, frontispice. — La conclusion et dernière partie d'Astrée. par le Sr Baro. Paris, Fr. Pomeray, 1628, in-12, frontispice et portrait. Les 5 vol. bas noire, ornements et fleurs de lis sur les plats, tr. ciselée.   85 fr.

La quatrième partie diffère un peu comme grandeur.

**2696. Van de Velde.** Le Pays d'Israël ; collection de vues prises d'après nature dans la Syrie et la Palestine. Paris, Vve J. Renouard, 1857, in-fol., demi-rel. mar. rouge, dos et coins, non rogné.   85 fr.

100 planches lithographiées à plusieurs teintes ; manque les n°s 22 et 74.

**2697. Vander Maelen.** Atlas universel de géographie physique, politique, statistique et minéralogique, lithographié par Ode, Bruxelles, 1825, 6 vol. in-fol., demi-veau vert, non rogné.   70 fr.

400 cartes coloriées, bel exemplaire.

**2698. Van der Meulen, Genoels et Bonnart.** Recueil de gravures, 75 pièces en 1 vol. gr. in-fol., mar. rouge, dent.   200 fr.

Aux armes du Dauphin.

**2699. Vaumorière.** Histoire de la galanterie des anciens. Paris, 1671, 2 tomes en 1 vol. pet. in-12, mar. bleu, dos orné, fil., tr. dor. (Hardy,)   45 fr.

**2700. Velleius Paterculus** cnm notis Gerardi Vossu G. F... Lugd. Batavorum ex officina elzeviriana, 1639, in-18 veau fauve.   3 fr.

**2701. Venus (Otho).** Emblèmes de l'amour divin par Otho Venus avec l'explication de chacunes. Paris, chez Le Blond, s. d. in-4 veau.    5 fr.

> 25 planches finement gravées, exemplaire fatigué.

**2702. Versailles** Souvenir d'une promenade à Versailles. Paris, s. d., in-fol. demi-rel. chag.    20 fr.

> 31 planches.

**2703. Villanovani** (A.). Schola salernitana sive de conservanda valetudine praecepta metrica auctore Joanne de Mediano. Hagae-comitum ex officina Arnoldi Leers, 1783, in-12 veau.    10 fr.

> A la fin se trouve la médecine universelle, 1788.

**2704. Villon** (François). OEuvres, corrigées et augmentés d'après plusieurs manuscrits qui n'étoient pas connus, précédées d'un mémoire, accompagnées de variantes par Prompsault. Paris, Ebrard, 1835, in-8 br.    1 fr.

**2705 Vincenzo Requeno**. Saggi sui restabilimento dell' antica arte de greci e romani pittori del signor abate don Vincenzo academico clementino. Parma, 1787, 2 vol. in-4 demi-veau n. rognés.    5 fr.

> Deux beaux frontispices gravés.

**2706. Victoires**, conquêtes, désastres, revers et guerres civile des Français de 1792 à 1815. Paris, Panckouke, 1818, 25 tomes en 14 vol. in-8 demi-veau.    40 fr.

> Nombreuses cartes.

**2707. Virgile.** OEuvres traduites en français, le texte vis-à-vis de la traduction, avec des remarques par l'abbé Des Fontaines. Paris, impr. de P. Plasson, 4 vol. in-8 demi-veau fauve.    18 fr.

> Portrait par Dupréel et 17 figures par Moreau et Zocchi, gravés par Baquoy, Dambrun, Deligion, etc. Manque le titre du tome 1er, et tâches au bas de quelques feuillets.

**2708. Virgile.** Publii Virgilii maronis Bucolica, Georgica et Æneis. Birminghamiæ. Typis Johannis Baskerville, 1766, in-8 veau fauve, fil. dos orné, tr. dor.    5 fr.

> Frontispice gravé. Pipûres.

**2709. Virgile.** Les Georgiques. Traduction nouvelle en vers français.

> Enrichies de notes et de figures. Paris, Bleuet, 1770, in-8 veau écaille, fil. tr. dor.    15 fr.

> 1 frontispice par Casanova et 4 figures par Eisen, gravées par de Longueil.

**2710 Vitu** (Aug.). La Maison mortuaire de Molière, d'après des documents inédits. Paris, Lemerre, 1883, in 8 br.    12 fr.

> Plans et dessins.

**2711. Vivant-Denon**. Voyage dans la basse et la haute Egypte pendant les campagnes du général Bonaparte. Paris, imp. de P. Didot, 1802, 2 vol. in-fol. cart. n. rog.    80 fr.

> 141 planches.

**2712. Vivant Denon.** L'OEuvre originale de Vivant Denon, ancien directeur général des musées. Collection de 317 eaux-fortes dessinées et gravées par ce célèbre artiste. Paris, Barraud, 1873, 2 vol. in-fol., fig., demi-rel. mar. brun, coins, tête dor., non rog.    150 fr.

> Exemplaire en grand papier de Hollande, tiré à 48 exemplaires, avec les épreuves des figures en double état, noires et sanguines, montées sur onglets.

**2713. Vogüe** (Vte E. M. de). Histoires d'Hiver. Illustrations de Martin et Sta. Paris, Calmann-Lévy, 1885, pet. in-8 mar. vert, fil. sur les plats, dent. intér. tr. dor. couv. (Chambolle-Duru).    180 fr.

> Un des 225 exemplaires tirés sur papier vélin du Marais avec les figures en trois etats. Aquarelle originale de Sta sur le faux-titre.

**2714. Voltaire.** Abrégé de l'histoire universelle, depuis Charlemagne jusques à Charles-Quint. Londres, J. Nourse, 1753, 2 vol. gr. in-12, mar. r., tr. dor. (Rel. anc.).    10 fr.

**2715. Voltaire.** Commentaires sur le théâtre de Pierre Corneille, et autres morceaux interessants. A Amsterdam, chez Arkstee et Merkus, 1765, 2 vol. in-12, mar. citron, fil., dos ornés, tr. dor. (Duru).    30 fr.

> De la bibliothèque de Jules Janin.

**2716. Voltaire.** La Henriade, nouvelle édition. A Paris, chez la veuve Duchesne, Saillant, 1770, 2 vol. in-8 veau écaille, fil, tr. dor.    40 fr.

> Un frontispice, un titre gravé, 10 figures et 10 vignettes dessinées par Eisen, gravées par de Longueil, bonnes preuves.

**2717. Voltaire.** La Henriade, avec préface, avertissement et notes par Beuchot. Paris, Lefèvre, 1834, in-8 demi-veau fauve.    3 fr.

**2718. Voyage** où il vous plaira, par Tony Johannot, A. de Musset et J. Stahl. Paris, Hetzel, 1843, gr. in-8 demi-mar. brun, dos orné, n. rog.    40 fr.

**Et de Livres anciens et modernes**

Illustrations dans le texte et hors texte. Première édition.

**2719. Weber.** Mémoires concernant Marie-Antoinette, avec des notes et éclaircissements par MM. Berville et Barrière. Paris, Baudouin, 1822, 2 vol. in-8 cart.                     7 fr.

**2720. Les cinq œuvres** du poète persan Nizami. (Khamsèhi Nizami), In-fol., de 150 ff. ; mar. rouge, riches ornem. à froid (Reliure persane du XVII siècle).                     5,000 fr.

Précieux et fort beau manuscrit, en caractères dits nestaliks, écrit par une main persane à la fin du XVI° ou au commencement du XVII° siècle, et orné de quatre-vingt-treize miniatures de dimensions variées.

Le cheikh Djemal Eddin Youssouf ibn el Moueyyed Nizami « né à Guendjèb, aujourd'hui Elizabethpol dans l'Arménie russe, mort en 596 de l'hégire, c'est-à-dire en 1199 » poète de premier ordre, fut le fondateur de l'épopée romantique persane. Les cinq poèmes que renferme notre volume, et que les Persans appellent « Cinq trésors, » sont : 1° Le livre du bonheur ; 2° L'Histoire fabuleuse d'Alexandre le Grand, où il est parlé des Russes et de leurs incursions en Arménie et en Perse ; 3° Les aventures de Medjnoun et Leïla ; 4° Les Sept Beautés, ou l'histoire du prince persan Behranghour et celle de sept princesses ses maitresses : une Indienne, une Tartare, une Russe, une Mauritanienne, une Grecque, une Khorassanienne et une Persane ; 5° Le Magasin des secrets, poème didactique.

Le texte de ces poèmes est disposé sur quatre colonnes, et le premier débute par un superbe en-tête en or et en couleurs, comprenant le titre général. Chaque page porte un double encadrement à filets or.

Les miniatures de ce manuscrit sont l'œuvre des artistes indiens et des véritables maîtres en peinture. Grâce à leur nombre considérable, elles nous initient à la vie publique et privée de la Perse et de l'Inde au XVII° siècle et fait passer sous nos yeux une foule de détails intéressants. On y voit des cérémonies de réception à la cour des souverains, des batailles, des chasses, des scènes de la vie intérieure, parfois même trop intimes, des travaux de métiers, etc., tableaux extrêmement variés où figurent des gens de toute condition, ainsi que des animaux domestiques et sauvages. Ils constituent en même temps une riche galerie de costumes orientaux, d'armes variées, de curieux harnachements de chevaux, d'armes en tout genre, de meubles, de tapisseries, d'ustensiles, d'instruments de musique, et ils ne sont pas moins abondants en détails d'architecture et en vues d'intérieurs qui fournissent de nombreux modèles de carreaux émaillés d'une belle décoration. Toutes ces scènes, remarquablement composées, sont pleines de vie et de mouvement, et en général étonnamment expressives. Le dessin en est souvent excellent, et même les chevaux sont parfois dessinés avec vérité et élégance, mieux qu'on ne savait le faire dans l'Occident à cette époque. La finesse d'un bon nombre de ses miniatures est extraordinaire et leur brillant coloris leur imprime le cachet de séduction propre au monde de l'Orient. C'est un livre magistral au point de vue de l'art indo-persan.

---

www.ingramcontent.com/pod-product-compliance
Lightning Source LLC
LaVergne TN
LVHW021646170726
843501LV00007B/2440